Attilas Durchzug

AF217624

Copyright: © 2021 Peter Stein
Lektorat: Susanne Feick
Cover: Roman Kulon
Satz: Roman Kulon
Verlag: Peter Stein • Rothenbaumchaussee 7 • 20148 Hamburg

978-3-9823183-0-1 (Paperback)
978-3-9823183-3-2 (Hardcover)
978-3-9823183-2-5 (e-Book)

Ähnlichkeiten mit lebenden Personen sind zufällig.

Bibliografische Information der Deutschen Nationalbibliothek:
Die Deutsche Nationalbibliothek verzeichnet diese Publikation in der Deutschen Nationalbibliografie.
Bibliografische Daten sind im Internet über http://dnb.d-nb.de abrufbar.

Peter Stein

Attilas Durchzug

oder

Der Mob und das Schicksal

Roman

1

Seit 20 Minuten liegt Soon-Yi neben ihrem Mann im Bett. Die Adoptivtochter und Ehefrau Woody Allens trägt ein Flanell-Nachthemd, gerade geschnitten, knöchellang. Wohlverdienter Trost des Alters: Mit ihrer größten Wärmflasche auf dem Bauch und dem neuen Roman von Siri Hustvedt kommt sie zur Ruhe. Den unglaubwürdigen, allein von reißerischer Spannung getragenen Thriller, in dem es von Mord, Verrat und Tümpel-Gas nur so wimmelte, hat sie weggelegt. Sie ist von den Unmengen erbärmlicher Niedertracht in entlegenen, waldreichen Landstrichen abgestoßen. Nach all den modernden Leichen sehnt sie sich nach intelligenter, vegetarischer Literatur. Ein gutes Buch ist das Flüstern der Geschichte, das durch den Lärm der Zeit zu hören ist. Das liefert Hustvedt. Ihr neuer 480-Seiten-Roman handelt von den irrsinnigen Versuchen einer Frau, ihre Krallen an der Seele eines Mannes zu wetzen.

Soon-Yi blättert mit Bedacht um. Geräusche des Lebens machen Woody rasend. Manchmal hat sie das Gefühl, ihre Liebe zu ihm sei anormal, ja krankhaft.

Von Zeit zu Zeit lässt sie den Band sinken und checkt die Nachrichten. Dabei träumt sie von schrankenloser Liebe, ohne Gedanken an ein Morgen, ohne Reue. Wie jeden Abend möchte sie Kontakt und sucht unter der Decke seinen Fuß.

Seit Jahren ist sie es, die in der vermeintlich stabil konsolidierten Ehe den Ton angibt. In gewissen Abständen – nicht allzu häufig, sie will ihn nicht übermäßig kontrollieren – wirft sie einen Blick in Woodys Tagebuch oder vielmehr in das, was sie dafür hält. Woody ist klug genug, sie mit unverdächtigen Anekdoten und erfundenen Abenteuern zu beruhigen. Der Schlüssel zu seiner Seele liegt in seiner Hand.

Er liest ebenfalls. Soon-Yi vermutet, dass er wieder in einer seiner Schwarten über ausgestorbene Tiere wühlt. Sie heißt das nicht gut, will das Eheglück aber nicht durch Feindseligkeit überschatten. Tatsächlich beschäftigt ihn ein kulturpessimistischer Essay, klug geschrieben, wenn auch verdammt düster. Jetzt liest er ihr sogar vor, eine Unterbrechung, die sie nicht sonderlich schätzt: »Wir stehen heute vor den letzten freien Beziehungen, die der Mensch mit seiner natürlichen Umwelt unterhält. Tendenziell alle menschlichen Organe und Fähigkeiten sind an Maschinen und Computer ausgelagert.

Befreit von Gesten, Muskeln, Gedächtnis, befreit von seiner Fantasie, an deren Stelle die Perfektion des Fernsehens getreten ist, befreit von der Tier- und Pflanzenwelt, vom Wind und von der Kälte, befreit von all dem Unbekannten der Gebirge und Meere, steht Homo sapiens am Ende seiner Laufbahn. Wie soll das veraltete Säugetier mit den archaischen Bedürfnissen, die einst die Triebkraft seines Aufstiegs bildeten, seinen Stein den Berg hinaufrollen, wenn ihm nur noch das Bild seiner Wirklichkeit geblieben ist?«

»Ach Woody, Darling«, sagt sie, »was liest du da? Das ist doch vollkommen übertrieben. Willst du nicht lieber schlafen?«

Sekunden später realisiert sie, dass die Dämme gegen Mikroben, Viren und Bakterien Lücken haben: Seit den 1960er-Jahren zirkulieren Corona-Stämme. Der Erdball ist mehr als zweieinhalb Mal umkreist. In Fledermäusen und Kamelen veränderte sich der Erreger. Dann sprang er über. Jetzt ist er tödlich.

2

Vielleicht pulsiert das Leben noch bei den Inuit oder in irgendwelchen höher gelegenen Teilen der Mongolei, vielleicht flammt es auch gerade an der Copacabana wieder auf – Soon-Yi Previn und Woody Allen stranguliert der Lockdown. Die beiden ducken sich schnörkellos und hoffen das Beste. Raum und Zeit dehnen sich noch stärker aus als sonst. Geklagt wird nicht, selbst das Abstandsgebot am Bagel-Stand finden sie richtig. Selbstverständlich lassen sie sich impfen. Wie alle hamstern sie Klopapier und Lebensmittel, vor allem Wein, Nudeln, Öl und – obwohl sie nicht backen – Mehl.

Andererseits: Ohne einen kleinen Tabubruch, den einen oder anderen Exzess, ohne Libidoregulation hält das keiner aus. Die Nähe im Kino etwa ist tausendmal schöner als Netflix zu Hause, auch wenn eine Wolldecke, Rosmarin-Meersalz-Chips und eine Flasche Châteauneuf-du-Pape bereitstehen. Das Dunkel im Kino gibt Gelegenheit sich kennenzulernen, seine Hand auf eine andere zu legen. Vielleicht rutscht der Rock der Dame etwas höher, möglicherweise zeigt die Schöne Bein. Wenn das Paradies einmal erreicht ist, in genau 329.000.000.102 Jahren, werden alle glücklich sein. Bis dahin wird weiter erniedrigt und geschuftet. Panther springen Tapiren an die Gurgel, Meere werden leergefischt, Thailänderinnen sind zu Diensten. Bis dahin bleibt die Zivilisation eine riesige Bestie. Nicht alles, was die menschliche Gesellschaft auf der Zielgeraden hervorbringt, ist genießbar.

Das grausame Geflecht von Zufällen, das zum Beispiel Attila ins Verderben führt, bestand vom ersten Moment an.

3

In New York ist das *The Ziegfeld* trotz seines anspruchsvollen Programms in der Regel brechend voll. Die Sitze werden von Jahr zu Jahr breiter, noch besser gepolstert und opulenter. Seit Netflix ihnen im Nacken sitzt, statten die Kinobetreiber bereits ihre Standard-Sessel mit Bluetooth, Kühlsystem und raffinierten Massagefunktionen aus. Auf Wunsch wird man mit seiner Steuerberaterin oder der Kfz-Zulassungsstelle verbunden.

Bei Viren-Alarm ist jede zweite Reihe leer. Zusätzlich hat der Pandemie-Algorithmus die ungeraden Plätze gesperrt. Nur Paare dürfen zusammensitzen.

Drei Tage nachdem Soon-Yi mit dem neuen Roman von Siri Hustvedt begann, ist das Wetter wie üblich nicht berechenbar. Vor dem Lichtspielhaus beginnt die abendliche Randale als harmlose Kakophonie. Plötzlich gießt es mit furchterregender Wucht, die unter Wasser gesetzte Straße verwandelt sich in einen reißenden Bach. In der Menschenmenge entwickelt sich ein kollektiver Wutausbruch. 25 Lügenbarone, eingefallen aus dem gesamten Ballungsraum, genießen den Krawall. Zusammen mit einigen skrupellosen Aufrührern verbreiten sie das Gerücht, die meisten Karten hätte sich das Establishment unter den Nagel gerissen, mit den üblichen Methoden – Bestechung, Spenden, Korruption.

Drinnen hat es angefangen. Vorweg ein Dokumentarfilm, acht Minuten, sehr geschmackvoll vertont. Es sind meist unterirdische Aufnahmen, aber auch einige mit Drohnen aus der Luft. Extreme Nahaufnahmen von Talpa europaea, dem Maulwurf – seiner Schnauze, seinen Krallen, dem Fell. Der in unterirdischen Gängen lebende Fleischfresser wühlt sieben Meter pro Stunde – ein ununterbrochener, methodischer Prozess von Durchbrüchen in der Erdrinde. Der Grund wird unterminiert.

Es ist erstaunlich, wie nah Naturfilmer kommen. Der Abspann ist mit Aufnahmen von Giraffen und Okapis unterlegt, die zum Trinken die gestreckten Beine spreizen müssen. Der Hauptfilm: Melancholia, der Endzeitstreifen Lars von Triers. In der achtminütigen Eingangssequenz Zeitlupenaufnahmen eines zusammenbrechenden Pferdes, herabfallender Vögel sowie eines vagabundierenden Planeten. Das Ganze kulminiert in einer Kollision der Erde mit dem Himmelskörper, der nicht mehr das dominierende Objekt seiner Umlaufbahn ist. Dazu läuft Richard Wagners Prélude von Tristan und Isolde.

Soon-Yi Previn, geschmackvoll geschminkt, die Haare mit Glätteisen in Form gebracht, fröstelt. Sie trägt einen dicken karierten Hosenanzug, der aussieht wie aus Vorhangstoff geschneidert. Als geborene Nimmerwarmblütlerin hat sie den Mantel über die Knie gelegt.

Soon-Yi und ich sind Komplizen. Die Hierarchie in unserer Freundschaft ist nicht festgelegt. Sie ist klüger, frisst mir aber manchmal – selten – aus der Hand. Häufiger habe ich Ja und Amen zu sagen.

Abends skypen wir, zuletzt gestern, kurz. Verkehrssprache ist Englisch. Bei ihren Fachausdrücken hört es aber bei mir auf. Auch rasendes Tempo, wenn sie empört ist, überfordert mich.

4

Ich kenne Soon-Yi seit Urzeiten. Bis heute ist da unerschütterliche Sympathie. Wunderbarerweise ist Woody nicht eifersüchtig.

Schon im College war sie ein Ereignis. Obwohl ein Musterbeispiel an Stoizismus und eisiger Rechtschaffenheit, zeigte sie sich genauso wild wie tabulos. Gegen jede Schändung ihrer Intelligenz lehnte sie sich auf.

Sie ist schmal, eher knochig als zart. Ein Energiebündel mit ins Gesicht geschriebenen Gefühlen. Zum Glück spielt sie nicht Poker, das wäre eine Katastrophe.

Eine Frau mit ansteckender Energie, die schon morgens fantastisch riecht. Die Beziehungen, die sie hatte, waren von Anfang an explosiv – leidenschaftlich, widerruflich. Den Tonfall ihrer Stimme finde ich bis heute verführerisch. Da ist etwas Neckisches, Verwirrendes, Rassiges. Waren wir zusammen in der Kiste? Nein, nie – ich wusste damals nicht, wie attraktiv ich war.

Im College gaben große, durchtrainierte Anarchisten den Ton an – beim Rudern, beim Baseball, in der Band. Soon-Yi spielte Cello. Manchmal wagte sie sich an einen Kontrabass, der sie um einen halben Kopf überragte. Ich war nicht schlecht beim Basketball, außerdem bearbeitete ich die Drums. Zusammen lieferten wir Fundament und Rhythmus. Ehrlicherweise müsste sie zugeben, dass sie – seit sie sich ihrem Bikram-Yoga widmet und einen elaborierten Vortrag nach dem anderen hält – nur noch selten übt.

Soon-Yi betrachtet die Welt mit klarem Verstand für Niedertracht. Seit ihrer Diss. über kognitive Beeinträchtigungen ist sie bei ihren Pädagogikkollegen als intellektuelle Scharfschützin gefragt. Man schätzt ihre hervorstechende Präzision.

Wenn ich mit ihr skype, blödeln und schwatzen wir gern. Aber wir zoffen uns auch, mit Wumms, und besprechen die Dinge des Lebens. Da ist viel Vertrauen und Zuhören. In ihrem Fach – Drogenmissbrauch, Kriminalität, Amok und alle sonstigen Entwicklungsstörungen bei Heimkindern – ist sie bemerkenswert breit aufgestellt. Im Übrigen ahnt der engere Freundeskreis, dass sie aus den Drehbüchern ihres Mannes frauenfeindliche Klischees und Steilpässe für Rassisten streicht. Für Woody ist sie das leuchtende Ufer seines Lebens.

Im Moment nascht sie gesalzenes Popcorn. Sie fingert in ihrer 2-Liter-Tüte nach den letzten Resten. Neben ihr Woody in der Jacke, die sie ihm vor zwei Jahren gestrickt hat und die allmählich ausleiert. Hinter ihnen rutscht eine Tüte Pommes frites zwischen die Sitze. Woody ist sowohl von dem Geräusch als auch vom Geruch des Popcorns genervt. Er brummelt: »Wenn ich Wagner höre, will ich immer gleich in Polen einmarschieren.«

Soon-Yi sucht seine Hand, drückt sanft und sagt: »Schatzelchen, beruhige dich, die Musik ist gleich zu Ende!«

5

24 Stunden später, an einem Tag mit wolkenweicher Tiefe, fragt mich Soon-Yi via Skype, ob ihr Mann trotz seiner 85 Jahre, seiner müden Gehweise, trotz der immer dunkler werdenden Ringe unter den Augen und trotz des ihm eingeschriebenen DNA-Codes eine Chance habe, anders als militärisch auf die Musikdramen des deutschen Komponisten zu reagieren? Oder sei das Unglück so tief in seine Chromosomen eingraviert, dass er sich gezwungen sehe, ab 5.45 Uhr zurückzuschießen?

Sie will mich provozieren. Ich sage ihr deutlich, dass ich die Gefechtslage schon seit Langem so sehe: Steuerhinterzieher und Taschendiebe stoßen zu Recht auf Kopfschütteln, wenn sie vor Gericht mit ihren Genen kommen. Andererseits gilt es in weiten Kreisen der Gesellschaft noch immer als normal, Herrschaft und Besitz mit Abstammung zu legitimieren. Das allerdings ist offensichtlich weder gerecht noch konfliktfrei. Ich gestatte mir zu erwähnen, dass in Europa zwischen 1247 und 1779 immerhin zwanzig Erbfolgekriege tobten.

Ich fahre mit meinem Onkel fort. Trotz einer künstlichen Hüfte hatte der es wirklich drauf. Der alte Herr hat gesagt, ich fand das geheimnisvoll: »Das Erbe ist Fluch und Segen.«

Heute ist sonnenklar, dass das stimmt. Die Nachkommen wissen allzu häufig nicht, wohin mit dem ganzen Schotter. Andere greifen verzweifelt zu Arsen, Rizin und Thallium, aufgelöst in einem halben Liter Bio-Bier oder in unfiltriertem, naturtrübem Apfelsaft, um ihre Vorfahren um die Ecke zu bringen.

Der Dramen sind bekanntlich viele: Manch alter Herr steuert auf die 96 zu, stirbt und stirbt aber nicht und vielleicht wird man auch gar nicht bedacht. Oder die zähe Monarchin, die partout nicht das Zeitliche segnen will, obwohl der Thronfolger mittlerweile grau und schlaff ist. Anderes will man bitte gar nicht erben: die schiefe Nase, das fliehende Kinn, den Jähzorn, die Dummheit.

Soon-Yi wirft leicht grummelnd ein: »Es gibt Schicksale. Die Neigung zu Schwerverbrechen wie Mord, Sadismus, die Gründung einer Bank und Genozid mag vielleicht familiär begünstigt sein. Aber einfach nur schlechtes Benehmen und ein fragwürdiger Charakter sind mit Sicherheit nicht genetisch bedingt!«

»Meine Liebe«, antworte ich ohne zu zögern, »wundere dich nicht zu früh. Ich habe nachgesehen: Im 19. Jahrhundert in Italien, in Deutschland bis 1945, war Lombrosos genetische Theorie über die Entstehung von Kriminalität en vogue. Cesare Lombroso (* 6.11.1835; † 19.10.1909), in Verona unter dem Namen Ezechia Marco Lombroso in einer jüdischen Familie geboren, propagierte einen biologisch bedingten Determinismus. Er wandte sich früh von der religiösen Orthodoxie seines Vaters ab und schrieb sich 1853 an der medizinischen und chirurgischen Fakultät der Universität Pavia ein. Das Studium schloss er 1858 mit einer Arbeit über den Kretinismus in der Lombardei ab. Zwischen 1863 und 1872 war er Verantwortlicher für verschiedene Irrenanstalten. 1874/75 wurde er außerordentlicher Professor für Gerichtsmedizin, Hygiene und Toxikologie. Ab 1876 lehrte er zusätzlich Hygiene. Er war überzeugt, dass Kriminelle eine höhere Prozentzahl von physischen, nervösen und mentalen Anomalien zeigen. Er erklärte das mit Degeneration und Atavismus.«

»Und jetzt?« Soon-Yi drängt, die ollen Kamellen sein zu lassen.

Ich versuche, auf sie einzugehen: »Anhänger der Erbgesundheitslehre träumen bis heute von Rassenhygiene – Augenfarbe, Haarfarbe, Höhe der Stirn, Breite der Brust, Silhouette der Nase. Im Glauben an angeborene Eigenschaften einer Rasse verlangen sie einen blutreinen Gen-Pool, um den Anteil positiv bewerteter Erbanlagen zu vergrößern und vermeintlich negative Erbanlagen auszumerzen.«

Soon-Yi schüttelt den Kopf und sieht mich ungläubig an. »Aber selbst diese Chromosomenfreunde müssen doch wissen, dass der Zufall eine immense Rolle spielt. Es gibt dauernd Mutationen und Entwicklungen, das Erbgut verändert sich spontan oder weiß der Himmel warum – Klima, Umweltgifte, Ernährung, Stress, Wonne!«

Ich nehme einen Schluck Soda und setze fort: »Beste Soon-Yi, ich versichere dir, dass du in Deutschland heute kaum noch jemanden findest – jedenfalls niemanden, der ernst zu nehmen ist –, der glaubt, dass die ganze Bandbreite universeller Unmenschlichkeit bis hin zu abweichendem Verhalten vererbt wird.«

Soon-Yi nickt: »Das Skurrile, das Schrille hat doch offensichtlich viele Wurzeln. Irgendein kleiner Neurotiker schlägt immer über die Strenge, irgendeine histrionische Persönlichkeit gibt regelmäßig den Abartigen. Aber ja, viele Familien leben im Großen und Ganzen über Jahrzehnte hinweg zu Gottes Gefallen strebsam, unauffällig und sittsam. Da brennt dann gar nichts an.«

»Einverstanden. Andererseits kennen wir gemeingefährliche Psychotiker und schlimmste Borderliner. Und es gibt eben auch veritable Stammbäume, die aufs Schwerste von Wahnsinn getränkt sind. Werfen wir nur mal einen Blick auf Gudrun Himmler (* 8.8.1929; † 24.5.2018), die Tochter Heinrich Himmlers. Die Dame schwor dem Nationalsozialismus auch nach 1945 nicht ab. Zusammen mit Adolf von Ribbentrop, dem Sohn des hingerichteten NS-Außenministers (* 2.9.1935, seit 1985 verheiratet mit Christiane Gräfin und Edle Herrin von und zu Eltz, der Mutter des späteren WireCard-Lobbyisten, Plagiators und Verteidigungsministers Karl-Theodor zu Guttenberg), erklärte sie: „Mein Vater ist ein großer Mann gewesen, der aber sehr missverstanden und dessen guter Name von den Juden zerstört worden ist."«

Soon-Yi: »Ihr mit eurem Adel in Europa! Vollkommen irre!«

»Jetzt geht es wirklich nicht mehr um Schulschwänzen, Schwarzfahren oder den Diebstahl eines BHs, sondern um tief gestörte Familienbünde, in denen sich Exzesse und Abgründe die Hand geben. Und im Ernst, du bist die Fachfrau: Wenn die kriminelle Energie einer Generation nahtlos an die der nächsten anschließt – ist das die Struktur des Bösen, unentrinnbar und von unsichtbarer Hand gelenkt?«

Bevor sie antworten kann, schlage ich ihr vor, einen toxischen Widerling, der offensichtlich heftig an der falschen Flasche genascht hat, ins Visier zu nehmen.

Soon-Yi: »Ah, Herr Lindner, von der FDP nicht wahr? Ich lese manchmal SPIEGEL.«

Ich: »Ach Quatsch, viel schlimmer: Attila Heldmann, eine bizarre Giftschleuder, die ebenfalls in Deutschland ihr Unwesen treibt.«

Soon-Yi, wie aus der Pistole geschossen: »Ich hoffe auf jemanden mit besessenem Erfindungstrieb und existenzieller Wucht! Oder ein irrwitziges, abgründiges Wimmelbild der Extravaganzen, vollgepumpt mit Drogen?«

Wahrheitsgemäß schalte ich einen Gang runter: »Nö, mit Anarchie und Surrealismus kann ich nicht dienen, das ist kein intellektuelles Leuchtfeuer, sondern ein Knallkopf, der falsch abgebogen ist.«

Genug für heute. Ich bin gespannt, wo sie Heldmann verortet. Ich will sie weder direkt noch indirekt auf eine bestimmte Fährte locken. Familiär ist der aus den Fugen geratene Schreihals – so viel steht fest – vorbelastet. Es wäre unverantwortlich und tendenziell manipulativ, die Familiengeschichte dieses Populisten nicht wenigstens mit kurzen Erzählflicken zu skizzieren und Soon-Yi Gelegenheit zu geben, die Indizien auf sich wirken zu lassen.

Vor mir liegen stapelweise Notizen und fünf überquellende Aktenordner. Dazu kommen diverse Aktendeckel mit Material über Heldmann, das noch einzuordnen ist. Fakten, Fakten, nichts als Fakten.

6

Es ist toll, jemanden wie Soon-Yi zu haben, die sich Zeit nimmt und geduldig ist. Jedenfalls hoffe ich das. Ich setze mich ein paar Tage später anständiger hin und mache mich gerade. »Hast du Lust auf einen Schwall Ressentiments, zum Teil mit apokalyptischen Variationen? Trotz seiner markanten Nase ist es nicht gerade die göttliche Ordnung, die sich in unserem Muhackl, dem kleinen König der Abneigung, widerspiegelt. Das ist – selbst wenn man einen Spießerstandpunkt vermeidet – nicht ansatzweise eine gut durchdachte Form der Demagogie.« Soon-Yi, darauf trainiert, die besten Seiten eines Menschen im Auge zu behalten, schreckt das nicht.

Also Startschuss für eine Drift ins Fantastische. Ich hole tief Luft und berichte meiner koreanischen Freundin, dass Joris und Therese, Attilas Großeltern, um überhaupt über die Runden zu kommen, im Fadenkreuz einer Vielzahl von Unterdrückungslinien in einer Art und Weise zu kämpfen hatten, die wir uns heute nicht mehr vorstellen können. Klimawandel, Corona, die Machenschaften des Finanzkapitals und Fußballspiele vor leeren Rängen sind nichts dagegen.

Es wäre aufregend, hätten Attilas Großeltern das Leben als Schiffsbauern am Euphrat oder als wohlhabende Viehzüchter in dunstverhangenen Oasen in Tigris-Nähe genossen. Die Produktion von Beluga-Kaviar am Schwarzen Meer würde unsere Fantasie beflügeln. Weinbau an den Steilhängen des Rheins – Spätlesen eines Rieslings! – wäre romantisch. Aber selbst verschwenderische, nur auf ihren Vorteil bedachte Mätressen oder ein paar satt von der Decke hängende Prosciutto di Parma: Fehlanzeige. Tatsächlich wurden Attilas Großeltern jenseits des Getriebes der Welt in der hintersten Ecke Kastiliens groß. Eine scheinbar endlose, immense braune Ebene mit extrem heißen Sommern. Keine Insekten, keine anderen Tiere, nicht einmal Vögel. Nur windige Nächte und versteinerte Flüsse. Der Himmel eine einzige Drohung. Die Gegenwart die einzige Zeit. Brutale Tuareg, immer wieder rücksichtslose Mongolen, dreimal sogar Perser – ein Reitervolk nach dem anderen, das auf der Suche nach Reichtum und jungen Frauen durchzog. Sie marodierten und plünderten, sie nahmen, was sie begehrten, sie stahlen, was sie benötigten.

Attilas Großvaters Joris nahm im dritten Jahr ihrer Ehe Therese in die Arme und flüsterte erschöpft: »Mein Mädchen, meine Liebe, sieh nur, das hier ist die Wüste der Wüsten – eine Unendlichkeit aus Trockenheit und Steinen. Der Wind treibt den Sand in die Augen. Die Winter ertrinken zwischen Nebel und Schnee.«

Zu der Zeit und in der Gegend resignierten und verstummten die Menschen früh. Die meisten waren beschädigt. Ein einziges Hinken und Stottern, überall verdickte Gelenke, verbogene Finger, chronischer Husten.

In den aufgeklärten Metropolen Europas sprach man überheblich von „verdammter Erde". Von Paris und London aus sah man wimmelndes, rattengraues Gezücht – Hilfsvölker, die ein halbes Leben brauchten, um sich zu kratzen. Es stimmte ja auch irgendwie: landauf, landab Faustrecht. Ehebrecher wurden systematisch gesteinigt. Inzest, Erpressung und Missbrauch waren alltäglich. Bis 1860 entsorgte man Verbannte in diese Gegend. Heute sind Archäologen begeistert, auf Nasenbeine des Archaeopteryx und Hüftgelenkspfannen überdimensionaler Sauropoden zu stoßen. Von der ISS aus sieht man Ödnis, Trockenheit und Leere. Kosmonauten und Astronauten richten ihre Teleobjektive begeistert auf Haastadler, Rudel von Schomburgk-Hirschen, scheue Beutelwölfe, ausgewachsene, selbstbewusste Auerochsen, Chinesische Flussdelfine, Berberlöwen und mit etwas Glück sogar auf Dodos. Die Volksrepublik China hätte großartige Möglichkeiten, gewaltige Erziehungslager für Uiguren zu errichten. Putin könnte im Windschatten der Öffentlichkeit technologisch revolutionäre Weltraumkapseln landen und Internet-Trolle starten, die skrupellose Rabauken im Wahlkampf unterstützen. Für das FBI gäbe es ideale Bedingungen, den Sturz linker Regierungen zu trainieren.

Schluss für heute. Soon-Yi freut sich über meinen konzentrierten Bericht. Ich gehe davon aus, dass sie das nicht ironisch meint.

7

Bei mir in Berlin ist es seit Monaten staub- und knochen-trocken. Die Polizei springt seit Juli aus scharf vorgefahrenen Mannschaftswagen, sobald jemand länger als zwei Minuten seinen Rasen sprengt. Bei Wagenwäschen auch von unten fackelt das SEK nicht lange. SUV-Fahrer kommen mit einer Verwarnung davon, Kleinwagen-Halter werden abgeführt.

Die Hecken und Straßenbäume barmen mich. Ich stehe schon um 6 Uhr auf. Morgens, auf dem Weg ins Büro, versorge ich eine frisch gepflanzte Linde und eine Ulme. Das ist gleichermaßen hilflos wie lächerlich, gibt mir aber das Gefühl, mit meiner Gießkanne etwas Sinnvolles getan zu haben.

8

Wie viel Hölle verträgt das Paradies? Hochzeits- und Beerdigungsglocken vermischen sich. 1992 Mölln und Lichtenhagen, 1993 Solingen – das ist Vergangenheit. NSU, Halle, Kassel und Hanau sind Gegenwart.

Seit in kurzen Abständen wieder Synagogen, Unterkünfte für Geflüchtete und Frauen mit Kopftuch angegriffen werden, arbeite ich bei RESPEKT mit. Alles in allem haben wir in Berlin, Düsseldorf und Rosenheim 60 oder 70 Leute, in der Mehrzahl Frauen. Wie formieren sich Ressentiment, Macht und Verbrechen zu einer rechtsextremen Bewegung? Unsere Gruppe dokumentiert Anschläge, wertet aus und informiert. Mein Schwerpunkt ist Rechtspopulismus, speziell Verschwörungstheoretiker.

Ich bin zwei Mal zusammengeschlagen worden. Lei, meine Frau, hat mir beigebracht, Hass-Mails zu ignorieren.

Öffentlichkeitsarbeit ist schwierig. Die Bundeszentrale für politische Bildung möchte mit RESPEKT keinen Kontakt. Im Innenministerium verweigert man Sachmittel und Unterstützung – Kooperation mit Radikalen käme nicht infrage. Der Gipfel ist, dass uns der Verfassungsschutz beobachtet, nachdem wir uns weigerten, ein Dokument zu unterschreiben, mit dem wir uns von extremistischen Bestrebungen gleich welcher Art distanzieren sollten. Junge Journalistinnen allerdings, die zu Heldmann recherchieren, kommen gern. Sie sind dankbar, meine Dokumente anzapfen zu können. Was zählt, ist der Goldstandard: keine Spekulationen, keine Gerüchte, nur Tatsachen.

Bei unserer nächsten Skype-Konferenz erzähle ich Soon-Yi von dem Erzbischöflichen Palais, das sich in Sichtweite des Dorfes der Großeltern befindet. Es liegt schwer einnehmbar auf einem Hügel mit steilen Flanken – ein mächtiges Bollwerk.

Die ganze Anlage gut in Schuss, die weiß gekalkten Gebäude zeigen sich gepflegt. Unübersehbar die Schilder: Für Juden und Muslime Sperrgebiet. Eunuchen und Zyklopen gibt es sicher nicht, angeblich tummeln sich hinter den Mauern Gottes aber Seiltänzerinnen, Gnome, Mulatten und nach Kakao und Pfeffer duftende Schönheiten. Im Festungsgraben kopulieren schneeweiße fürstbischöfliche Krokodile und über dem Palast kreisen, jeder kann es mit Schrecken sehen, einäugige Fledermäuse. Abends wiegt ein Lichtermeer: Schildkröten kriechen um die Blumenbeete, auf ihren Panzern Kerzen.

Die Küche – eine Oase des Friedens – wächst bei hohem Besuch über sich hinaus. Der Präfekt der Glaubenskongregation, ein junger, viriler Kerl mit massivem Ego, fragt bei jedem seiner Besuche so sicher wie das Amen in der Kirche: »Habt ihr denn heute wieder herrliche Nierenzapfen?«

Er wird mit 40 Jahre altem Champagner und Tränen der Mutter Gottes begrüßt.

Auch der Kurienkardinal inspiziert von Zeit zu Zeit das Palais. Er raunzt seinen Diener an: »So bringe er mir zack, zack entweder zwei winzige Filets vom Schneehuhn oder einen kleinen gerösteten Affenkopf im Tomaten-Earl-Grey-Sud!«

Der Kalorienverbrauch des Erzbischofs, der im Frühjahr die Felder segnete, liegt deutlich unter dem eines Asketen. Zu Weihnachten ein Stück gebeizte Papaya, ansonsten bäfft er regelmäßig: »Mittags Grütze, ein halber Schlag, das reicht.«

Prädement, semisenil: An den meisten Gerüchten, die die Mönche über ihn verbreiten, ist nichts dran. Sie tuscheln und tratschen von morgens bis abends. Es ist ihre einzige Freude: Man darf da nicht allzu streng sein: Ab 4 Uhr früh wird alle zwei Stunden gebetet, davor und danach arbeiten sie hart.

An Gott glaubt der Erzbischof – ein gebeugter Mann von weit über 90 Jahren – nicht. Seine Gedanken schweifen durch bodenlos versaute Gefilde. Trotz seines Alters drängt er den ganzen Tag zur Eile: »Für Geduld habe ich keine Zeit!« Er pflegt eine gewisse Schnodderigkeit, »Heute ist morgen vorbei!«, und bewundert die Hunnen. Sobald sich vor seinem Fenster die ersten Fledermäuse versammeln, erweist er Königen wie Balamir, Chlaraton und Rua seine Referenz. Das Zwiegespräch mit den reitenden Fürsten der Mongolen hält ihn am Leben.

Nach jeder Messe reibt ihn seine Haushälterin mit Franzbranntwein ab. Die intimen Momente stärken beide. Der Geruch nach ätherischen Ölen und Alkohol ist nicht mehr aus dem Bett zu kriegen. Die Haushälterin weiß, welche Stellen der Erzbischof liebt: den Übergang von Nacken zu Schulter, die Handgelenke und die Passage kurz oberhalb der Kniekehlen. Eine gewisse Abhängigkeit ergibt sich daraus, dass umgekehrt er darüber im Bilde ist, dass sie Hostien sammelt und bereits mehr als 3500 Stück bunkert.

Luther, die Allgemeine Erklärung der Menschenrechte oder die Kopernikanische Wende (ganz zu schweigen von Gravitation und Aufklärung) – im dekadenten Palast Terra incognita. Mittelalter, Feudalismus und Inquisition werden, wenn überhaupt, nur homöopathisch hinterfragt.

Ökonomisch steht das Palais bis heute prächtig da, die Abtei diversifizierte geschickt. Angefangen hatte man mit Ledergürteln, Sandalen und grobmotorischen Abschriften der Zehn Gebote. Um sich in der Globalisierung zu behaupten, stellte man zunächst auf Pfefferminzlikör und parfümierte Rosenkränze, dann auf Edelbrände, Gleitgels und – für die Kleinen – Liebesperlen um.

Soon-Yi und ich sagen uns Gute Nacht.

9

Zwei Tage später will ich mich bei Soon-Yi melden. Sie kommt mir zuvor. In New York wird jedes Jahr zu dieser Zeit das Wasser knapp, das Gras ist braun, die Augen sind wund und wenn man Pech hat, lässt die Hitze den Straßenbelag platzen. Ich vermute, dass sie angesichts der extremen Temperaturen erschöpft ist und getröstet werden will.

Es kommt anders. Das Assoziationswunder Woody, unser kreativer Künstler, liebt kuriose Schleifen und hat eine Vorliebe für fantasiegespickte Pirouetten. Meine Freundin ist normalerweise konzentriert, rational, perfekt strukturiert. Heute kommt sie von einem anderen Stern, sie sprudelt, ist fürchterlich aufgeregt und beim besten Willen nicht zu bremsen: »Kann ich dich mal unterbrechen? Hast du mal ein Ohr? Ich bin so was von durch den Wind. Mit Woody geht es abwärts und ich weiß nicht, wie ich das aushalten soll.«

»Komm, erzähl!«

»Jeder zweiten Mexikanerin und allen gut aussehenden Obdachlosen steckt er viel zu viel Geld zu, als ob es bei uns aus dem Wasserhahn käme. Aber soll ich dir sagen, was wirklich bei uns läuft? Vor 9 Uhr ist er nicht ansprechbar. Früher haben wir gerne gegessen, jetzt will er nur ein gekochtes Ei und ein bisschen Sauerkrautsaft. Dauernd ist ihm schwindelig, es ist immer die rechte Seite, zu der er abdreht. Morgens nimmt er zu einem Glas Stoffwechseltee 14 Tabletten – 14! Vormittags ist Fehlanzeige, da hat er Arzttermine. Gegen Mittag will er ausgiebig vögeln, jeden Tag. Von 13 bis 16 Uhr schläft er. Da muss alles total leise sein.«

»Alter Schwede! Mann, Mann, Mann, was ist los mit ihm?«

»Seine Schilddrüse drosselt die gesamte Hormonproduktion. Die schönen Single Malts – es konnte ihm ja gar nicht torfig und scharf genug sein – mit seinen Freunden trinkt er nicht mehr. Dr. Schwarz, der Gerontologe seines Vertrauens – woanders geht er nicht hin –, schwärmt ihm was von exzellenten Werten vor. Ich finde das unverantwortlich. Das Einzige, was bei ihm unverwüstlich zu sein scheint, ist das Gebiss, wie bei einem Pferd.

Aber ich sage dir ganz offen: Er wird immer tauber, weigert sich aber wie ein dickköpfiges Kind, seine Hörgeräte, die waren schweineteuer, zu benutzen. Und vor allem: Die Körpergeräusche werden immer lauter. Das ist wirklich sehr, sehr unangenehm. Was ich auch schwierig finde: Wenn ich nicht eingreife, trägt er tagelang dieselben Sachen. Den Mundschutz wechselt er überhaupt nicht. Das Teil ist zerknittert, schäbig und unhygienisch, als ob er noch ein paar Tausend Viren züchten will.«

»Klar, das geht gar nicht.«

»Was mich allmählich richtig nervt: Überall in der Wohnung steht Tee rum. Er macht sich eine Tasse nach der anderen, er fängt an mit Earl Grey. Wenn er traurig ist, macht er sich Oolong. Bei der Arbeit an einem Drehbuch braucht er unbedingt Pfefferminz und Yogi. Neben dem Zahnputzbecher hat er einen Becher Verbene. Auf dem Nachttisch müssen es Morgengruß, Balance und Frauenfreund sein, sonst mault er. Die Becher lässt er in der ganzen Wohnung stehen, halbvoll.

Mit dem Essen wird er immer wundersamer. Außer Aal und Mohnkuchen will er nichts. Sonntag habe ich vegane Thunfisch-Pizza gemacht. Immerhin, die hat er gegessen. Aber das ist doch vollkommen pervers, so was besteht ausschließlich aus Aromachemie.

Ach ja, Schlittschuhlaufen – haben wir ja immer geliebt: vorbei. Ausstellungen: Fehlanzeige. In ein schönes Museum kriege ich ihn nicht mehr, er ist häuslich und will – von seinen Vormittagen abgesehen – am liebsten gar nicht mehr raus. Das Einzige, was ihn interessiert, sind ausgerottete Vögel, vorneweg Dodos. So ein Quatsch! Dauernd klingelt Amazon und will Naturkundebücher und Expeditionsschwarten liefern. Dass er nicht auf Namen kommt – nicht mal von Nachbarn –, geht schon seit Jahren so. Mittlerweile dauert es Minuten, bis es ihm gelingt, ein Substantiv anzusteuern. Ballungszentrum, Avocado, Zahnbürste – so etwas ist ganz schwierig.

Die Seuche gibt ihm den Rest. Vielleicht ist er auch nur depressiv? Ich fürchte, dass er irgendwann eine Geschlechtsumwandlung will. Zum Glück ist er nicht noch religiöser geworden. Unser großer Chanukkaleuchter reicht ihm – bisher.«

»Hört er wieder Wagner?«

»Ganz, ganz selten. Aber ich weiß nicht, wo er letztlich ist. *„Ich bin fertig mit Denken"* oder *„Politik ist die Fortsetzung des Krieges mit anderen Mitteln"* – solche Sachen haut mein Liebster ohne mit der Wimper zu zucken jetzt raus. Wo ist der Mann, den ich kenne? Verdammt, ich bin eine alte Frau, ich habe ein Recht darauf, dass alles so bleibt, wie es war. Ich will meinen Woody zurück! Ach Arcadij, ich bin ganz aus dem Takt.«

»Komm, lass uns eine Pause machen, ich muss mal kurz verschwinden.«

Ich folge dem Ruf der Natur.

10

Ein halbes Schwein auf Toast esse ich schon lange nicht mehr, aber vegane Thunfisch-Pizza? Manchmal verstehe ich Soon-Yi, die Arme, wirklich nicht.

Ich hole mir einen gut geschenkten Grauburgunder und eine Tüte Wasabi-Cracker. Vom Wein schmecke ich nicht viel, bin aber zu aufgeregt, um das zu registrieren. Ich füttere die Katze, röste Brot und mache mir einen Teller mit Stilton und Ziegencamembert. Zum Nachtisch ein paar Weintrauben, Roquefort und einen Schluck Dessertwein.

Am späten Abend – ich hoffe, dass sie sich etwas beruhigt hat – skype ich mit Soon-Yi weiter. Sie lässt sich das gefallen, obwohl es bei ihr mitten in der Nacht ist. Die Laune ist besser, ihr Vortrag heute Nachmittag *Über die Überheblichkeit der Intellektuellen* ist bestens aufgenommen worden. Sie hört sich aufmerksam an, dass Attilas Großvater wie viele über die Zustände in der Zweigstelle Roms empört war. Joris – ein Mann, der hart zuschlagen konnte – hob kurz entschlossen die Faust, als Männer und Frauen gesucht wurden, die bereit waren, dem obszönen Treiben im Palais ein Ende zu setzen. Furchtlos war er nicht, trotzdem kämpfte er lautstark in der ersten Reihe.

»Jetzt los! Vorwärts! Schlagt die Pfaffen! Fürchtet euch nicht!«

Seine Schlachtrufe verhallten. Der Versuch, das Erzbischöfliche Palais zu stürmen, scheiterte nach zwei Stunden kläglich. Schon der Zeitpunkt war denkbar ungünstig: Ein elender Novemberabend, mit Nieselregen und einem nasskalten Vorhang, der auch die Tapfersten von der Straße fegte. 20 Wurffackeln, 100 Mistgabeln – im Übrigen fehlte den Aufständischen dasselbe, was auch Trumps Kohorten beim Sturm auf das Kapitol entbehrten: Logistik, Nachschub und ein Plan.

Joris verkroch sich. Therese und er verließen Spanien und zogen weit weg. In den Pyrenäen kurz hinter der Grenze stahl er Bretter. Der Handel mit dem ameisenverseuchten Holz hielt die beiden über Wasser. Das Leben undercover war bedrohlich.

Nach drei Jahren erneut Aufbruch. In einem abgelegenen Teil Burgunds – weitab von schönen Städten wie Dijon, der Stadt mit den hundert Türmen, weitab von Auxerre mit den Fachwerkhäusern, weitab auch von Beaune, durchzogen von Kopfsteinpflaster – begann er eine Lehre im Gartenbau, Schwerpunkt Spalierobst.

Nach gut fünf Jahren spekulierte er auf eine Ernennung zum Oberförster. Daraus wurde nichts. Er konnte Pappeln beim besten Willen nicht von Wacholder unterscheiden. Sein Astigmatismus hatte es ihm schon als Kind verwehrt, lesen zu lernen und seine Tanten auseinanderzuhalten.

Auch auf Schmisse im Gesicht musste er verzichten. Den Burschenschaften, die seinerzeit noch unverhohlener als heute auf die Überlegenheit der weißen Rasse setzten, missfiel sein nur rudimentär ausgeprägter Antisemitismus.

Hätten sie tiefer gebohrt, wären auch Alkoholunverträglichkeit und – wenn auch zarte – demokratische Allüren entdeckt worden.

Fortan vertieften sich Joris und Therese im Glauben und hielten sich von Rassisten fern. Sie lebten in einer Mischung aus Resignation und Routine. Die kleine Dorfkirche verhüllte in der Passionszeit Altar und Kruzifix, Therese und Joris trugen ihre Fastentücher das ganze Jahr. Die Autobiografie, die sie in jahrelanger Arbeit verfasst hatten, wurde ein ethnologisches Standardwerk: eine feinfühlige, szenisch starke historische und tiefenpsychologische Exkursion.

11

Am späten Sonntagnachmittag brechen Lei, meine Frau, und ich zu den Bibern auf, die mit Glück in der Dämmerung aus ihren unter dem Wasserspiegel liegenden Höhlen kommen. Man muss leise sein – ein Schreihals wie Heldmann wird Meister Bockert nie zu Gesicht bekommen.

Leichter Nieselregen, aufgeweichter Boden. Ich bin wie üblich nicht perfekt angezogen, vor allem habe ich die Wildlederschuhe an, die ich eigentlich im Büro trage.

Meine Füße werden langsam nass, trotzdem unterhalten wir uns intensiv. Wir sind fasziniert, wie unterschiedlich sich Menschen entwickeln. Bei dem einen wächst sich eine leichte Delle zur Katastrophe aus, andere stecken Schläge auf den Hinterkopf weg, als ob nichts gewesen wäre.

Lei, ausnahmsweise ohne Zigarette: »Erzähl doch mal von Soon-Yi, das dürfte das Abenteuerlichste sein, was es gibt.«

Ich: »Sicher. Eigentlich heißt sie ja Oh Soon-hee. Sie wurde in Südkorea geboren. Ihre Mutter setzte sie aus. Nachbarn übergaben die Kleine einer staatlichen Einrichtung für verlassene Kinder. Als die Suche nach ihren Eltern fehlschlug, wurde sie in das Waisenhaus von St. Paul gebracht. Als Kind wanderte sie hungrig durch die Straßen von Seoul und lebte von dem, was die Mülleimer hergaben.

1978 adoptierten Mia Farrow und ihr damaliger Ehemann André Previn Soon-Yi und brachten sie in die Vereinigten Staaten. Das Kind beherrschte keine bekannte Sprache und hatte denkbar große Lernschwierigkeiten. Nach der Adoption lernte Soon-Yi Englisch, lesen, schreiben, Klavier spielen, Ballett tanzen und reiten. Ist das nicht Wahnsinn?«

Lei: »Mein Gott, was für ein Leben! Irre, dass die die Kurve gekriegt hat und dermaßen erfolgreich geworden ist. Was für eine Entwicklung! Woody dagegen hatte es nur mit zwei Sprachen und zwei Kulturen zu tun. In New York schafft man das. Eigentlich heißt er ja Woody Stewart Konigsberg. Er wurde, soweit ich weiß, in der Bronx geboren. Aufgewachsen ist er in Brooklyn. Mit Ellen, seiner Schwester, Martin, seinem Vater, einem Diamantschleifer, und seiner Mutter Nettie lebte er in Flatbush, einem jüdisch geprägten Viertel unterhalb des Prospect Parks.

Die Großeltern waren Deutsch und Jiddisch sprechende Immigranten aus Russland und Österreich-Ungarn. In Allens Familie sprach man neben Englisch regelmäßig Jiddisch. Obwohl Woodys Eltern keine orthodoxen Juden waren und er nicht an Gott glaubte, schickten sie ihn jahrelang auf eine hebräische Schule. Wegen seines schmächtigen Rotschopfs verpasste man ihm den Spitznamen Red.«

Ich: »Dagegen sind wir die reinsten Sonnenkinder. Kein Krieg, keine Vertreibung, kein Hunger, kein religiöser Wahnsinn. Nicht einmal durchgeknallte Fundamentalisten, die uns an den Ohren zogen. Klar, ich wurde gehänselt, weil ich O-Beine hatte und manchmal etwas stotterte. Meine Klassenkameraden hatten aber einen anderen, einen Schotten, Terrance, der seltsamerweise kein englisches R aussprechen konnte. Den konnten sie dann noch besser piesacken.«

Lei: »Hast du viel geklaut?«

Ich: »Dafür war ich zu feige, tut mir leid. Der ganze Blödsinn, den wir gemacht haben, spielte sich entweder im Kopf ab – wir bewaffneten uns mit Flammenwerfern und filzten Schiffe aus dem Libanon im Freihafen nach Kokain – oder er war harmlos: Mit zwölf vernichteten wir Muskateller, zogen mit betrunkenen Seelen und Schokoladenzigaretten im Mund in die Fußgängerzone und sangen *„Kapitalismus führt* *zum Faschismus"*. Aber es war immer klar, dass das nicht in Ordnung ist.«

Lei: »Was soll ich denn sagen? Behütetes Einzelkind, das Goldstück meiner Mutter, gebildetes Elternhaus, regalweise Bücher, Geigenunterricht, Urlaub an der Amalfiküste, tauchen in Positano. Ich hatte ein Pferd! Wenn irgendein Lehrer wagte, mein Benehmen zu kritisieren, stellte mein Vater sich breitbeinig vor seine Tochter.

Auslandsjahr in der 12. Klasse. Und obwohl meine Eltern absolut Geld hatten, musste ich in den Semesterferien jobben. Dafür bin ich ihnen noch heute dankbar. Falls mein Vater fremdgegangen sein sollte, habe ich das nicht gemerkt.

Fand ich den Reichtum und die ganze heile Welt peinlich und zum kotzen? Nein, in Wahrheit nicht, obwohl ich weder naiv noch unpolitisch war. Ich hatte ein gutes Gerechtigkeitsgefühl, trotzdem von mir kein Protest. Meine Eltern waren in Ordnung. Mein Vater ist kein Schmarotzer. Ein paar perverse Sachen gab es, Weihnachten zum Beispiel grillten sie ein Okapi, zur Fastenzeit kamen Biber auf den Tisch. Ansonsten wurde nicht viel angegeben.

Ich war nicht anorektisch, ich habe auch nicht gegen den Wohlstand angesoffen. Und warum nicht? Ich kann es dir nicht sagen. Wahrscheinlich hatte ich nur Glück. Zufall.«

Ich: »Und echt überhaupt kein Aufruhr?«

»Die Rebellion kam später. An der Uni litt ich unter Dünnbrettbohrern, die nur wiederkäuten, was sich schon längst als kontraproduktiv erwiesen hatte. Einen einzigen Prof. hatte ich, den ich respektierte und ehrlich gesagt auch bewunderte – ein hochintelligenter, faszinierender Mann, aber leider auch Scheckbetrüger.«

An ihr Elternhaus erinnere ich mich genau. Lässige, geschmackvolle Einrichtung, kein Protz. Bei ihrem Vater, damals schon über 70, erschien ich mit gebügeltem Oberhemd und frischem T-Shirt: »Herr Bowitz, darf ich um die Hand Ihrer Tochter anhalten?« Der alte Herr wünschte uns mit größter Herzenswärme alles Gute.

12

Anfang der Woche wird Soon-Yi ungeduldig. Sie unterbricht mich, bevor ich anfangen kann: »Mein lieber Freund, Joris und Therese in allen Ehren, aber bei uns grassiert die Pandemie. Überall sterben Menschen, die Schwelle von einer halben Million haben wir längst gerissen. Oder sie verschwinden im Krankenhaus und sind nicht erreichbar. Das Krankenhaus ist auch nicht erreichbar, man hängt 25 Minuten in der Warteschleife, dann fliegt man raus. Persönlich hingehen ist sinnlos: nur Sicherheitskräfte, die einen abweisen. Bei uns brennt die Bude: George Floyd und Black Live Matters! Und du verlierst dich in Burschenschaften und Fastentüchern? Schluss mit dem Firlefanz!«

»Ja, ich weiß, und die Evangelikalen, die Proud Boys, QAnon und immer noch, ja, auch der Ku-Klux-Klan. Trump lässt grüßen! Nach dem Putsch ist vor dem Putsch!«

»Hör mal auf mit den Großeltern und komm zur Sache!«

Ich respektiere das, sie hat Probleme mit Woody, ich darf sie nicht überfordern. Ich springe eine Generation weiter, das aber muss sie aushalten. Ohne Attilas Eltern Sebastian und Alma ist der Mann mit der ungeheuren Explosionsgefahr nicht zu fassen.

Weiterhin Burgund. Noch immer aber nicht prächtige Schlösser und Paläste, sondern Wald, steiniger Boden und ständiger Wind. Irisdiagnosen und Blasenspülungen – das war das Metier von Attilas Vater, in dem er glänzte. Furunkel, Wandernieren, Halluzinationen, bipolare Störungen – die Leute kamen mit allem und jedem.

»Kommen Sie rein, guter Mann. Keine Angst, wir kriegen das hin! Das wird wieder!«

Er half. Sebastian half auch dort, wo er nicht helfen konnte.

Ein Teil seiner Kunden wollte in Wahrheit sowieso nur einen Blick auf Alma, Attilas Mutter, werfen. Alma war ungeachtet ihrer Rotgrünblindheit eine auffallend schöne Frau. Es waren nicht nur ihre Haare und ihre Füße, aus ihr strahlte Licht, ihr Mund war voller Klarheit.

Bis zu ihrer Heirat schlug sie sich als Wahrsagerin durch. Alma sah man nie ohne eine lebergelbe Kappe. Die Mütze war am Rand etwas brüchig, Tapiröl zur Lederpflege hatte sie nicht. Vor allem aus Roter Bete und Schleimwurzeln zauberte sie Aufläufe, Torten und Smoothies, die nach Arnika schmeckten, nach Myrrhe rochen und die Verdauung in Schwung brachten. Da sie mondsüchtig war, verließ sie die Wohnung nur kurz, etwa um zu beichten. In der Kirche, einer dreischiffigen Basilika, dauerte es dann doch länger. Bei ihren Beichtvätern war sie gefürchtet: Sie neigte zu Widerworten und Diskussionen. Außerhalb des Beichtstuhls war sie das friedlichste Wesen der Welt.

Die Verheißungen des Überflusses. Deutschland lockte nicht nur Heimatvertriebene und Spätheimkehrer mit Sicherheit und Wohlstand. Auch Attilas Eltern wagten es, ihre Zelte abzubrechen. Der Goldrausch in Kalifornien war durch, die Teeplantagen Ceylons schienen unerreichbar. Sebastian und Alma schlugen sich von Burgund bis ins sächsische Delitzsch durch. Zusammen mit Wolgadeutschen, Schlesiern, Ostpreußen, Sudeten und Banater Schwaben landeten sie schlussendlich in Berlin und fassten in Neukölln Fuß. Sie besaßen fünf Möbelstücke, hatten kein Geld, nur Schulden.

Der Kontakt mit den Behörden war holprig. Für ihre Asylanträge verlangten beide einen eigenen Dolmetscher. Da die Ämter sich nicht austauschten und den Datenschutz respektierten, wurde beiden auch je ein eigener Psychologe, ein eigener Sozialarbeiter und ein eigener Familienhelfer zugeteilt.

Binnen zweier Jahre hatten sie sich vollständig assimiliert. Sie beherzigten die Scharia und konvertierten zum Islam. Sebastian – schon immer schlank und drahtig – verzichtete fortan nicht nur auf Zigaretten, Alkohol und Schweinefleisch. Die Beschränkung auf Kräuter, Rüben und Heilsäfte ließ ihn von Monat zu Monat schmaler werden. Daneben vertiefte er sich in Magnetismus und Astrologie.

Andere frieren an Händen und Füßen, bei Attilas Mutter wurde zuerst die linke Niere kalt. Attila, Almas einziger Sohn – der beherzt und unermüdlich gegen die unkontrollierte Durchseuchung mit Ausländern kämpft, der weiß, dass im Pergamonmuseum seit Jahrtausenden der Thron des Satans steht, der den Lügen des Systems die Wahrheit mit einem Flammenwerfer entgegenschleudert –, fröstelte zuerst in Nierenhöhe rechts.

Meine letzten Worte über den Atlantik: »Gute Nacht, Soon-Yi, schlaf trotzdem gut!«

13

Auf Attila Heldmann (geb. Mahmoud Heldmann) mag nicht immer Verlass sein, auf meine Nachrichten aus der Parallelwelt des Antisemitismus kann man bauen.

Meine Visitenkarte ist schlicht. Name, Adresse – mehr nicht. Meinen Namen, Arcadij Barrat, finde ich annehmbar, ich fremdele auch nicht mit dem Nest, in dem ich aufgewachsen bin. Meine Eltern wurden bereits Oktober 1941 deportiert. Sie können raten, ob ich mit Essstörungen, Albträumen oder Nahtoderfahrungen im Paternoster auf Du und Du bin. Es wird ebenso wenig jemanden überraschen, dass ich Lügner satthabe, besonders Lügner mit Heiligenschein. Erst recht bin ich mit Giftigkeit durch, mit Zorn, mit Niedertracht, mit Egoismus.

Vielleicht wären meine Eltern stolz darauf, dass ich nicht an das Zurechtgelegte und das statisch Beschnittene glaube, sondern alles Mögliche hinterfrage.

Charismatisch, witzig und attraktiv zu sein habe ich mir abgewöhnt, mein Selbstbewusstsein braucht das nicht mehr. Skandale, zumal solche der Windstärke zwölf, überlasse ich anderen. Ich bin unheilbar korrekt. Alles, was ich über Attila zum Besten gebe, stimmt bis ins Detail.

Ich bin größer als Heldmann, etwa 1,83 – ganz genau weiß ich das gar nicht. Das wurde vor 35 Jahren bei meiner Musterung gemessen, wahrscheinlich bin ich mittlerweile minimal kleiner. Glatt rasiert, gewelltes, vorn leider deutlich dünner werdendes Haar. Dafür wird mein Gesicht mit den Jahren kantiger, besonders am Kinn – das gefällt mir – wirke ich energisch. Ich bin schlank gebaut, Lei sagt zu dünn.

Wir tanzen Tango Argentino, daneben jogge ich und mache Dehnübungen. Der Rücken ist trotzdem ein Problem. Diclofenac, ABC-Pflaster, Heizkissen und Voltarensalbe sind mein A & O.

Ansonsten: Die Schuhe sind nicht zu eng, man hat keine Zahnschmerzen und ist satt. Ich bin wohl nicht ganz gegen weiblichen Charme gefeit. Trotzdem bin ich wunderbarerweise glücklich verheiratet – oder falls nicht, gehe ich jedenfalls davon aus, dass allein ich darüber Bescheid weiß.

Der einzige Luxus, den wir uns leisten, sind unsere drei Betten. Morgens frühstücken wir in einem Erbstück von Leis Eltern. Das Teil ist ziemlich hoch und man hört die Federn quietschen. Mittags treffen wir uns mit einem Glas Orangensaft für ein Nickerchen auf der mit Samt bezogenen Récamière. Abends begeben wir uns unter das große Plumeau. Wo wir es treiben, tut hier nichts zur Sache.

Wir haben keine Kinder, bei uns lungert nur Marlon herum, unser heißgeliebter, schielender Kater, der sich nachts mit anderen Katzen prügelt. Beim Tierarzt sind wir Stammkunden und werden stets mit einem fröhlichen »Hallo! Ist es wieder so weit?« begrüßt.

Eine Villa von Frank Lloyd Wright – noch dazu in einer betörenden Landschaft – würde unser Budget sprengen. Lei und ich wohnen in Predöhl, 15 Kilometer vor Berlin. 29 Einwohner. Das ist nicht der Speckgürtel. Lehmige und fette Erde taucht erst nach 70 Kilometern auf. Außer Wiesen, Gräben und Ruhe ist da nichts, vor allem keine BMWs und keine SUVs.

Predöhl liegt zwischen Ruhlsdorf und Großbeeren südlich von Berlin. Von uns sind es zwei Kilometer zur Regionalbahn. Weite Wiesen und Koppeln, alte Bäume. Das ist, wenn es nicht regnet, herrlich zu Fuß. Notfalls geht es schnell mit unserer Hybrid-Schüssel. Die vernünftige Verkehrsanbindung war genauso wie ein stabiles Netz Bedingung dafür, dass wir rauszogen. Auf den Glasfaseranschluss warten wir noch heute. Mein Diensthandy ist immer an, notfalls schieße ich auch nachts raus.

Wer in Predöhl lebt? Zur Hälfte sind das Hintersassen und Kleinhäusler, der Rest sind Berliner, die die Mieten und den Stress der Stadt nicht mehr ertragen. Reinrassige Repräsentanten der Bourgeoisie, des Arbeitermilieus, Prekariats und Lumpenproletariats sind nicht randscharf auszumachen. Für Sauna-Clubs und Untergrundorganisationen mit Geheimdienst-Methoden sind wir zu provinziell.

Die Leute im Dorf sind alles andere als doof. Man sieht beides, sowohl RTL als auch heute-show. AfD und FDP kommen knapp auf 5 Prozent, gewählt werden aber immer halbwegs vernünftige Leute. Jemand wie Heldmann würde zum Arbeiten aufs Feld geschickt.

Lei und ich haben einen Komposthaufen, ein Quartett struppiger Obstbäume und kaum zu bändigenden Efeu, in dem 40 bis 50 Spatzen leben. In unserem sechs Quadratmeter großen Gemüsebeet mit Rosmarin, Minze und Dill versuchen ein paar Salatköpfe zu überleben.

Wir reduzieren Müll. Neuerdings reisen wir weniger. Die alljährlichen Flüge nach Togo sind passé (Ein irres Land, 48 Völker, 39 Sprachen. Die freundlichsten Menschen, die man sich vorstellen kann. Unmengen grüner Hügel mit Kokosnuss- und Kakaobäumen.). Jetzt lernen wir die Schorfheide kennen, nächstes Jahr den Oderbruch.

Mit Adelsgeschlechtern wie von und zu Eltz oder derer zu Guttenberg haben wir nichts zu tun. Lei und ich haben daher keine Mägde, keine Jagdhunde und nicht einmal Pfauen. Wir schrecken nur durch schmetternde Trompetenrufe von Kranichen auf. Marlon reagiert bei dem Geschrei panisch, seine Nackenhaare stellen sich auf, er verfällt in geheimnisvolles, tiefes Knurren. Seitdem die Winter nicht mehr knackig kalt werden, fliegt der Grus grus nicht mehr in den Süden.

Die Vereinbarung, dass Marlon nicht ins Bett darf, ist reine Theorie. Tagsüber schläft er auf einem Kopfkissen. Abends gibt es einen Kampf, ob er sofort aus dem Bett fliegt oder noch ein paar Minuten bleiben darf. Ein albernes Ritual von Lei und mir. Nachts schleicht Marlon zurück und trampelt entweder ihr oder mir auf der Brust herum.

Lei – die Grazie meiner Frau war legendär. Die unterschiedlichsten Männer hatten diese intelligente, ruhige Frau umflattert. Nicht nur, dass sie Abend für Abend mit sicherer Hand gute Filme aussucht, sie rührt mich auch sonst. Ich möchte mir ein Leben ohne sie nicht vorstellen.

Seit 25 Jahren also Lei, Cineastin, Partnerin in einem alteingesessenen, tendenziell barmherzigen Anwaltsbüro, das vor allem Pro-bono-Fälle macht. Ich weiß nicht, ob ich ihr Glück bin, jedenfalls ist sie meins. Die Liebe zu ihr hat mich jahrelang erschüttert. Nach unserem ersten Kuss flüsterte sie: »Ich erfülle alle Erwartungen!« Es gab Nächte, in denen ich vor Sehnsucht stundenlang durch die Straßen lief.

Lei ist prägnant eigensinnig. Sie betrachtet die Welt mit Ernst und einer gewissen inneren Distanz. Abends legt sie die Füße hoch und lässt sich von mir bekochen. Das ist okay, ich mag es, wenn sie entspannt ist.

Ich würde mich freuen, wenn Veronica und Bettina, ihre besten Freundinnen, ebenfalls zur Ruhe kämen. Veronica war mit einem Wüstling verheiratet, hatte es aber zum Glück bereits nach zwei Jahren geschafft, sich – abgefunden mit einem gewaltigen Stapel Geld – in Sicherheit zu bringen. Es gibt keinen feministischen Verein, dem sie nicht mit ansehnlichen Summen unter die Arme greift.

Bettina, die vom Schicksal geschlagene, alkoholvergiftete Dritte im Bunde, leidet unter ereignisloser Öde. Wenn sie gut drauf ist, klappert sie wegen Corona geschlossene Kneipen ab, in denen sie Hausverbot hat. Letztlich will und kann sie das Saufen nicht aufgeben, vor allem aber wäre sie ohne ihre nymphomanischen Hobbys verloren. Im Cognacrausch erträgt sie unselige Snobs, Tattoos und ungeduschte Leistungssportler.

Zurück zu mir. Ich bin solvent, nicht offensichtlich verrückt, verfüge über einen rauen Charme und die offene Persönlichkeit eines Mannes von Welt. In Erscheinungsbild und Benehmen entspreche ich durchschnittlichen bis leicht gehobenen Ansprüchen. Ich giere nicht nach Lob, in der Öffentlichkeit kratze ich mich nicht am Hintern. Den Umständen entsprechend kann ich mich anpassen und habe insoweit keine unüberwindlichen moralischen Skrupel. Im Großen und Ganzen habe ich eine gewisse Leichtigkeit an mir und verfüge über eine freundliche Natur, die Vertrauen vermittelt. Fröstelige Grundparanoia war und ist mir fremd.

Wat mutt, dat mutt. Schwanken, die bequemste Lösung suchen – damit bin ich durch. Ehrlicherweise gebe ich zu, dass ich ungeduldig und aufbrausend bin. Auch ohne Alkohol sagt man mir eine latente Angriffslust nach.

Ich kann also durchaus etwas halsstarrig sein – manche sagen dickköpfig – und reagiere meiner Natur gemäß nicht auf Maßregelungen. Im Ernstfall bin ich imstande, die nötige Abgebrühtheit an den Tag zu legen.

14

In der Schule war ich begeistert von der Idee, etwas für den Fortschritt der Menschheit zu tun. Ich war Rettungsschwimmer, ich wollte immer nur helfen.

Die ersten Semester gönnte ich mir in den USA. New York vor 30 Jahren: Wenn ich nicht in Autowaschanlagen oder einem Diner lächerlich wenig Geld verdiente, experimentierte ich mit Anfang 20 an der Columbia mit Poetologie und indianischer Literatur. Das Leben zeigte sich insgesamt für einen unanständig jungen Mann wie mich von seiner absolut berauschenden Seite.

Leider konnte ich mich nicht ewig durch New York treiben lassen. Zurück in Deutschland war es so schlecht dann auch nicht. Je ernsthafter ich studierte, desto weniger bewegte ich mich, was sich bitter auszahlte. Meine Muskeln verklebten, der Rücken und neuerdings auch der Nacken malträtieren mich.

In Bamberg und Bayreuth – tiefste Provinz – war ich bis zum Vordiplom mit einem gewissen Überschwang in theoretischer Physik unterwegs. Durch Passau, meine nächste Station, waberten Weihrauchschwaden. Ich hatte zum Glück zwei hochintelligente Dozenten. Nach längeren, finanziell gebotenen Abstechern in eine Möbelfabrik schaffte ich einen Abschluss in Glaziologie. Nach Berlin ging ich allein wegen des Jobs. Damals waren selbst schöne Altbau-Wohnungen noch bezahlbar. Während des Umzugs begannen meine Rückenprobleme.

Trotz meiner vier Semester an der New Yorker Vorzeige-Universität habe ich es mit einem mäßigen Hochschulabschluss nur knapp in den höheren Dienst geschafft. Ich bin Sachgebietsleiter für Peilwesen von Bundeswassernebenstraßen – ein Albtraum, für den ich vollkommen überqualifiziert bin. Irgendwo befriedigt die professionelle Routine aber auch eine Seite meines Wesens, die ich gar nicht kenne. Mein Gehalt – A 16 mit Zulage – ist üppig, davon könnten zwei leben.

Jede Woche ist was los. Die Tiefen ändern sich. Ich muss bundesweit den Grund der Flüsse kontrollieren und Buhnen, Leuchtfeuer, Fischtreppen und Leitdämme überwachen. Dafür habe ich ein Team von 18 Vollzeit-Mitarbeitern, Praktikanten, eine Heerschar befristet beschäftigter Teilzeit-Frauen, lasergesteuerte Echolote, zwei altertümliche Vermessungsschiffe und eine unklare Anzahl Peilbojen, die nur zum Teil funktionieren. Die meisten meiner Leute sind zu jung, um mir zu widersprechen. Viele der Grünschnäbel, nicht alle, sind auf der fatalen schiefen Ebene der Unterwerfung immer tiefer nach unten gerutscht. Die Aushilfen, die in den Ferien bei uns scharenweise aufschlagen, sind geschniegelt und unangenehm angepasst. Die Zeit der zugekifften Hippies in zotteligen Afghanenmänteln ist vorbei.

Wenn ich in meinem hallenden Büro mit mattierter Glastür nicht gerade vor mich hindümpele, erledige ich den Job mit einer Miene ernsthaften Nachdenkens. Mein Schreibtisch, an dem ich von Außenterminen abgesehen Tag für Tag zwei große Kannen Earl Grey mit einem kräftigen Schuss Milch schlubbere, hat die Größe eines Geschützturms, das steigert meine Sicherheit. Im Winter trinke ich statt Earl Grey russischen Weißen, der beruhigt angeblich die Seele.

Sobald es irgendwo brennt, bringe ich das nicht nur vorschriftsmäßig, sondern wenn irgend möglich auch zeitnah in Ordnung. Trotzdem bin ich – ohne eigenes Verschulden, ich wüsste jedenfalls nicht, wieso – im Beförderungssystem stecken geblieben. Ideen, Verbesserungen: Was ich vorschlage, wird durch Weghören und Missverstehen unterwandert. Ich mag frische Luft deutlich lieber als die krankenhaushell ausgestrahlten Gänge meiner Behörde. Unverändert, wie seit Jahrzehnten, durchfallfarbenes Mobiliar. Im Personalratsbüro offen frauen- und ausländerfeindliche Plakate. Es soll außer mir noch drei gewerkschaftlich organisierte Kollegen geben. Wer das ist, weiß ich nicht.

Polonius, meinen Chef, ein Mann mit unverbittertem Temperament, treffe ich höchstens ein-, zweimal im Jahr. Der Rest sind Zoom-Konferenzen. Er ist Homeofficer. Der hölzerne Gesichtsausdruck, den er zur Schau trägt, wird manchmal – selten – durch ein wissendes Lächeln ersetzt. Wunderbarerweise lässt er mich in Ruhe. Im Gegenzug kommentiere ich weder seine zerknitterten Anzugshosen noch seinen eiernden Gang, der ihn alles in allem ein wenig sonderbar erscheinen lässt.

Meine Kollegen, durch die Bank Satrapen mit einem traurigen, nach innen gewandten Lächeln, schwärmen in der Mittagspause von Sex im Gebüsch und testen, wer als letzter umfällt (Schlehenfeuer, Sekt, Wodka Gorbatschow). Ich halte mich von Kampftrinkern fern. Weihnachtsfeiern und Betriebsausflüge sind besonders schlimm.

Die Behörde ist Ausdruck des unbedingten Willens, dumpf und reglos im Ewiggleichen zu verharren. Meine Belastung in der Direktion des Wasser- und Schifffahrtsamtes, einer Anstalt mit denkbar breitem Speckmantel der Gemütlichkeit, hält sich also stark in Grenzen. Man muss lernen, sich die Zeit zu vertreiben. Einige studieren Pornhub, ich fröne meinem Hobby, die Rechten zu kontrollieren. Über Attila könnte ich stundenlang erzählen. Ich habe sogar Videos und Tonaufnahmen. Das meiste ist beschriftet und katalogisiert.

Ich pflege, das gestehe ich, gewisse Ressentiments, aber ich bin es gewohnt, zu differenzieren. Ja, mich nervt es, wenn auf der Straße um mich herum ausschließlich türkisch gesprochen wird und das auch noch brechend laut. Ich finde es ebenso lästig, dass Farbige im Bus grundsätzlich dermaßen laut telefonieren, als ob sie alleine wären. Aber keine Frage: Ich bin allergisch gegen Populisten. Erst recht verabscheue ich rassistische Galle und gewaltbereite Nazis.

Bei aller Aversion gegen Ewiggestrige und Wahnsinnige: Wäre ich nicht voreingenommen – mein Bericht über den Verschwörungsprediger Attila Heldmann würde sich in nichts unterscheiden.

15

Bei der nächsten Sitzung vor dem Rechner scheinen sich alle Gelenke in meinem Körper zu verklemmen. Der Schmerz strömt – von der Mitte der Wirbelsäule ausgehend – bis in die Zehen und Fingerspitzen.

Meine Freundin in New York drängelt: »Arcadij, übrigens, auch in Asien war der Adel natürlich jahrhundertelang an der Macht. In meiner Heimat hatten wir einen Höchsten König, den Großen Prinzen des Blutes, den Größten, den Großfürsten des Blutes und Adelslinien wie Heilige Knochen und Wahre Knochen. Aber die Eltz, die du erwähnt hast, sind natürlich ein Hammer. Ich habe das gegoogelt: Die Linie der Edlen Herren geht zurück bis 690. Das ist wirklich beeindruckend. Ansonsten habt ihr aber auch kuriose Schrapnellen wie diese Promifotografin Fürstin Manni zu Sayn-Wittgenstein-Sayn, die sich allen Ernstes „*Mammarazza*" nennen ließ.

Aber gut, was ist denn nun mit diesem Attila? Vor allem interessiert mich natürlich besonders, ist ja schließlich genau mein Fach: Wie war seine Kindheit? War er Messdiener? Wurde er in ein Heim gesteckt? Missbrauch? Gewalterfahrungen?«

Wie gewünscht fahre ich – ohne Wein, heute nur mit grünem Tee und einer Reiswaffel – fort: Seine Eltern hatten sich schon vier Monate vor dem Stichtag geeinigt: Sollte es ein Junge werden, heißt er Mahmoud, ein Mädchen Fatima. Attilas schöne Mutter Alma gab ihr Bestes, trotzdem hätte jener Moment von Ruhm und Schuld, als Homo sapiens zum Raubtier wurde, bei ihm nicht dramatischer sein können. Vielleicht ist es eben doch so, dass er ein typischer Vertreter seiner Sippe ist.

16

Da Soon-Yi über Attilas Anfänge offensichtlich alles wissen will, gehe ich ins Detail:

Dieffenbachstraße, Kreuzberg, 21. April, 03.22 Uhr: Nach einer selbst für die Urban-Klinik schwierigen Geburt, die stundenlang auf Messers Schneide stand und den Einsatz von vier Oberärzten, Fachärzten für Neonatologie, zwei Hebammen und drei Anästhesisten erforderte, hatte er mit dem Leben ein Hühnchen zu rupfen.

Das Leben – eine grässliche Falle – sollte Mahmoud nichts schenken. Wie bei Adam im Augenblick seiner Erschaffung und noch vor dem ersten Atemzug stand fest: Andere genießen süßes Nichtstun, Mahmoud sollte zu keiner Zeit in der Stille reifen. Sein Schicksal rief von Anfang an *„Hände hoch!"*.

Bereits bei der ersten Untersuchung wurde erkannt, dass sein Metronom den falschen Takt schlug. Das Herz war schwarz, er selbst von Beginn an kurzköpfig. Gegen neue Virusarten fehlte ihm das Immungedächtnis.

Er begann erst nach dem zweiten Geburtstag zu zahnen. Wochenlang düsterste Träume. Er täuschte vor, seine panische Angst nicht zu riechen. Die Trotzphase dehnte er aus – er schrie, spuckte und strampelte.

Als er sich zum ersten Mal ohne fremde Hilfe vom Rücken auf die Seite drehte, war er elf. Keiner versorgte ihn mit Käpt'n Blaubär, Petzi Pelle, Tim und Struppi und Robert Gernhardt. Er hatte sich seine eigenen Gedanken zu machen. Im Grunde war das schon der Schlussstein für seine existenzielle Fahrt in den Keller. Der Weg war frei für die Erkenntnis, *„dass Corona von den Eliten genutzt wird, um einen längst geplanten Totalumbau der Weltwirtschaft durchzuziehen – die Arbeiter sollen zu staatlich alimentierten Sklaven gemacht werden. Danach kommen die Pest, In-*

solvenzwelle, Entlassungswelle, Untergangswelle, Enteignung, Entwertung, Entmündigung.“

Attilas Klassenkameraden – eine reine Jungensschule – spielten anarchistische Versionen der angesagtesten Oldies. Aus dieser Kohorte entsprangen Innendekorateure, Proktologen, Intensivpfleger, Podologen und ein Talkshow-Beleuchter. Ein anderer tauchte in der Fremdenlegion unter. Der Klassensprecher schloss sich dem IS an und trainierte Boko Haram.

Von den Exerzitien seiner Schulkollegen (fünf Tage nicht zur Toilette, Verzehr einer großen Dose NIVEA) war Mahmoud ausgeschlossen. Die Grundschule absolvierte er erfolgreich, nachdem er die entscheidenden Lehrer erst überforderte und dann bedrohte.

Er sammelte Schinkenkäfer, blieb aber empört, unreif und streitlustig. Dass er sich im Stillen mit Engeln unterhielt, machte ihn nicht sanfter.

Ich unterbreche und frage Soon-Yi: »Sag mal, stört es dich eigentlich, dass ich hier mit Drei-Tage-Bart und in meinem ältesten T-Shirt sitze?«

Soon-Yi, elegantes Top, perfekt gezupfte Augenbrauen: »Quatsch, mach weiter. Aber lass vielleicht ein paar Details weg.«

Okay, dann also etwas flotter: Auf das Joch der Herkunft reagierte Attila mit Klassenscham. Mit 14 erklärte er, nicht länger Mahmoud, sondern Attila zu heißen. So ein Türkenscheiß passe nicht zu einem Deutschen.

Mit neuem Namen legte er los: »Also, das ist echt der Kracher: Meine Eltern haben das Eiserne Kreuz am Bande, das ist ´n Orden, weil sie hammerwichtig sind. Das sind Diplos, die wuppen die geilsten Sachen, mit Russen und so. Meine Mutter ist echt ein Kind von Erzherzog Franz Joseph und mein Vater ist voll krass vom apostolischen König, falls ihr wisst, was das ist. Bevor der Sonderbotschafter wurde, war er Mittelstandspräsident.«

Seit seiner Schulzeit litt er unter Migräne, Schwindelanfällen und entzündeten Mandeln. Er biss auf den Innenseiten seiner Wangen herum, bis sie bluteten. Er redete sich ein, dass ein mit so vielen Versehrtheiten geschlagener Körper von Grund auf stark sein musste.

Zu Hause mäkelte er, entwickelte vor Leberwurstbroten mit Pfeffer unkontrollierbaren Ekel. Beim Essen wurde ihm generell schlecht. Resilienz: Fehlanzeige. Wenn es Falschen Hasen, Königsberger Klopse oder Buletten gab, schrie er: »Hilfe! Ihr könnt mich nicht wie ein Rind durch den Fleischwolf drehen!« Das Einzige, was er ohne Widerwillen aß, war Gemüse-Sülze – Gemüse-Sülze eingestrichen mit zimmerwarmer Nutella, Gemüse-Sülze mit eingekochtem Ketchup, Gemüse-Sülze mit gehacktem Perlhuhnei.

Kalter Alltag. Seine Eltern waren überfordert. Eine Eskapade jagte die andere. Vor allem der Vater drängte darauf, ihn zur Adoption freizugeben. Das Jugendamt stand mehrfach vor der Tür.

Zur Vorbereitung auf die Unbilden des Lebens scheuerte ihm sein Vater mittags eine. Das waren die Momente, in denen die Geschichte um die Ecke bog. Die Züchtigung erfolgte keineswegs nur symbolisch. Attila schrie: »Das ist ungerecht, das ist gemein!«

Nackenschläge hauen ihn bis heute nicht um. Egal, was passiert, er kommt wieder hoch.

Wie alle suchte er in der Pubertät Vorbilder. Barzel, Armin Hary und Käte Strobel schieden aus. Erst liebäugelte er mit Hagen von Tronje, dann entschied er sich für Ludendorff. Ein großes Poster und immer wieder der Badenweiler-Marsch.

Er trug ein Amulett aus Knoblauch, hatte aber auch vor Prostituierten, Pförtnern und Polizisten Angst. Davon abgesehen gelangen keine stabilen Bindungen. Er zog Luft in der gesamten Nachbarschaft.

17

Der Eindruck, dass Soon-Yi und ich permanent skypen, täuscht. Montags und donnertags hat sie Yoga, die Wochenenden gehören meiner Frau. Sonnabends und sonntags klappe ich den Rechner gar nicht erst auf. Lei und ich gehen ziemlich glücklich Hand in Hand spazieren, zählen Kraniche, beobachten Biber, holen uns nasse Füße oder sind zu warm angezogen. Außerdem wird Marlon jeden Sonnabend gebürstet, ob er will oder nicht.

Zwei Tage später, bei meiner nächsten Konferenz mit Soon-Yi, ist mein Nacken wieder böse steif. In der Schulter sitzt ein stechender Schmerz.

Wenn ich wie jetzt neben der Stehlampe mit dem vergilbten Pergamentschirm am Rechner sitze, springt Marlon hoch, als ob er mich trösten wollte. Er legt sich am allerliebsten direkt auf die Tastatur oder aber unter die grellhelle Schreibtischlampe. Die tut gar nicht erst so, als hätte ein italienischer Designer seine Hände im Spiel – Ikea lässt grüßen, 40 Euro.

Ich kenne die Marotten des Katers, vertreibe ihn von der Tastatur und lasse mich nicht abhalten, Soon-Yi aus sicherer Quelle zu berichten, dass Heldmann das Talent hat, den Leuten das zu sagen, was sie hören wollen, schon seit er 17 ist. Attila ist intuitiv überzeugt, dass Lügen nur andere Fakten sind.

Soon-Yi versucht, mich zu foppen: »Na, Arcadij, was macht dein Schlingel? Treibt ihn wieder die Fügung, zwingen ihn die Chromosomen zu irgendwelchem Blödsinn?«

Ich lasse mich nicht provozieren, konzentriere mich auf meine Unterlagen und versuche, ihr ein Bild zu geben: Heldmann war eine Art Fälschung geworden. Wenn der Vorhang fiel, war er allein. Gelegentlich spürte er ein grässliches Ziehen in der Brust, als bestünde er zur Gänze aus Leere.

Sein Körper entwickelte die Statur eines Holzfällers, die Hände glichen denen eines Künstlers, fast zu zartgliedrig, was – nach den geheimen Wissenschaften – einen Hang zum Wahnsinn verriet. Tatsächlich erlebte er Momente tiefer Mutlosigkeit und ernsthafter Schwermut. In Krisensituationen schaltete er seine Gefühle ab, das konnte er perfekt. Auf Katastrophen reagierte er mit starrem Blick. Seine Anhänger, die er mit Espresso-Augen fixierte, hielten das für visionär.

Wenn er bewundert wurde – weil er einen Farbigen getreten hatte, weil er sich auflehnte gegen das Verbot, alles Mögliche zu sagen –, reichte ihm das. Frauen bewunderten diese Energie, sie verehrten seinen Stolz. »Es gibt keine Pandemie! Impfen verändert das Erbgut! Seit Hitler bin ich der Einzige, der die Wahrheit sagt!« Er sprach so selbstsicher, er sah dich so ehrlich an.

Ende für heute, angenehme Nachtruhe.

18

Lei ist für drei Tage in Den Haag. Ihr Netzwerk debattiert Strategien, unverantwortliche Arbeitsbedingungen in Brasilien, Bangladesch und den USA als Verbrechen gegen die Menschlichkeit vor den Internationalen Strafgerichtshof zu bringen.

Was Lei mir am Telefon von Geert Wilders und seiner *„Partij voor de Vrijheid"* erzählt, kann sich ohne Weiteres mit Attila messen. Laut Parteiprogramm treten die Niederlande aus der EU aus und schließen angesichts des drohenden *„Sex-Jih"* ihre Grenzen. Muslimen wird der Zutritt verwehrt. Der Bau von Moscheen ist verboten, ebenso der Koran. Die Polizei führt Razzien durch, um das Buch in allen muslimischen Haushalten aufzuspüren und zu entfernen. Wer unbedingt ein Kopftuch tragen will, muss dafür eine *„Kopvoddentax"* zahlen, eine *„Schädelfetzensteuer"*. Aus den Asylbewerberheimen werden Haftanstalten, in denen männliche Flüchtlinge und Immigranten einsitzen, denen vor dem Schließen der Grenzen noch die Einreise gelungen war. Die Mütter und Töchter des Landes werden vor muslimischen Testosteronbomben geschützt.

Ich versuche, zu Hause zurechtzukommen. Marlon gibt wie so häufig den Satansbraten. Neben meinem Schreibtischstuhl liegen zwei zerfledderte Kohlmeisen. RESPEKT-Dokumente sind stapelweise umgestoßen. Großes Durcheinander.

Draußen hängen die Wolken tief, es schüttet unaufhörlich. Ich lausche dem Wasser, das vom Dach läuft und das Gemüse aus den Beeten schwemmt. In den Nachrichten nichts Neues: Polizeibeamte posieren in rechtsextremen Chatgruppen mit Hitlergruß, ihre Dienstmunition ist zum Hakenkreuz angeordnet. Die Bundesregierung registriert in den ersten sechs Monaten des Jahres 609 ausländerfeindliche Straftaten

(Beleidigung, Volksverhetzung, Brandstiftung, gefährliche Körperverletzung). Die tatsächlichen Zahlen dürften um ein Vielfaches höher liegen.

Eine Woche später referiere ich quer über den großen Teich, dass es Attila mit 25 Jahren am besten ging. Früher arbeitete er gegen seine Einsamkeit mit Wärmflaschen an, später bevorzugte er eine geladene Flasche Jägermeister oder besser noch Küstennebel, eisgekühlt. Damit traute er sich eine Zeit lang unter Menschen, mit denen er Flaschen polierte. Es dauerte nicht lange und er kannte das Geheimnis, wie man harte Sachen trinkt, ohne einen Kater zu bekommen.

In der Kneipe versammelten sich über soziale Grenzen hinweg frisch Zugezogene, störrische Einheimische, unberechenbare Gelegenheitstrinkerinnen, routinierte Alkoholiker, einsame Rentner, verzweifelte Studenten, Handwerkerinnen, alberne Professoren, gestandene Busfahrer, Rollstuhlfahrer, Verlassene, Angekommene, Eigenbrötler, dröhnende Stammtisch-Gruppen, Wohlhabende, Nicht-Habende. Jeder redete mit jedem – palavern und labern lassen. Es wurde geschwatzt und gegrübelt, geträumt und geflucht, geschwiegen und gebrüllt, gestrahlt und getrauert, geschäkert und gezankt und vor allem: getrunken und geraucht.

Die Lüftungsanlage rauschte leise vor sich hin. Der Zigarettenqualm hatte die ockerfarbenen Wände dunkelbraun gefärbt. Mit der Zunge hätte man nicht an die Wand kommen dürfen, das hätte niemand überlebt.

Früher herrschte in der Straße eine ausgewachsene Drogenszene. Der Kiez war voll von Fixernadeln und Junkies. Aber Messerstechereien und hemmungsloses Aufeinanderprügeln wie heute gab es nicht. Man haute sich gepflegt auf die Fresse, hinterher gab man sich die Hand. Zum Schluss war

Heldmann still wie eine Zündschnur. Der Wirt beobachtete das Desaster. Heldmann schmiss keine einzige Runde. Wahrscheinlich war er blank.

Irgendwann traute Attila sich nicht einmal mehr, überhaupt etwas zu sagen. Er fürchtete, bei all den Zampanos des Unmöglichen und Hohepriestern der Utopie nicht mithalten zu können. Gegen den Erzähldrang der Routiniers setzte er sich schlichtweg nicht durch. Es fiel ihm schwer, sich für andere zu interessieren.

Dafür rempelte er auf der Straße alle an: Türken, Syrer, Neger – sein Wording –, Afghanen, Albaner.

Zum ersten Mal dachte er ernsthaft daran, den Pergamonaltar, Thron Satans, konzipiert für Menschenopfer, in die Luft zu jagen.

Soon-Yi macht sich neuerdings Notizen, das freut mich. Vielleicht profitiert ihre Arbeit irgendwie von meinem Bericht.

19

Beim Joggen – dreimal die Woche quäle ich mich in aller Herrgottsfrühe raus – bin ich mit Abstand der Langsamste. In meinem Alter muss man auf Haltung achten, sonst sieht man aus wie ein Sandsack auf Stelzen. Meistens richte ich mich nach zwei, drei Kilometern auf. Ich stehe zu meinem Schlepptempo. Hinterher bin ich stolz auf mich. Trotz der Hitze trinke ich auch jetzt zu wenig.

Diesmal keine Konferenz mit Soon-Yi, überraschenderweise Luftpost aus den USA. Der Briefumschlag ist ungewöhnlich schmal und lang. Eierschalenfarbenes, kräftiges Papier.

Nur eine Seite, oben und unten breiter Rand. So schreibt nur Woody, seine elegante, fließende Schrift, mit Füllfederhalter, auf teurem Briefpapier.

Bis auf Mia Farrow mögen alle Woody. Vielleicht kenne ich ihn am besten. Eigenartigerweise habe ich sofort Angst: Oh Gott, will er, dass ich nach seinem Ableben Soon-Yi heirate? Hat er seine gesamten Rücklagen in dubiose Derivate einer Bad Bank gesteckt? Braucht er Spender für eine Stammzellentransplantation? Hat er jemanden erschossen?

Was Woody schreibt, ist unerhört:

„Lieber Arcadij, altes Haus,

heute etwas verdammt Ernstes – leider. Ich setze auf Deine Ver-
schwiegenheit und ich bitte um großes Verständnis. Du weißt
so gut wie ich: Der Mensch ist krummes Holz – ich bin es ganz
besonders.

Ich liebe, Du kennst mich, Soon-Yi aus vollem Herzen. Das ist so
und das wird so bis ans Ende meiner Tage bleiben, auch wenn sie
mir stark auf den Wecker geht. Nun gut. Ich habe seit zwei Jahren
ein Verhältnis mit Gertrud, einer bewundernswerten, unglaublich
und wahnsinnig attraktiven Frau. Sie schmeißt bei meinem Geron-
tologen die Praxis und ist da nicht mehr wegzudenken.

Es war von Anfang an klar, dass die Luft brennt, dass es was
Sexuelles ist. Gott meint es sehr, sehr gut mit uns: Wir sind auch
seelenverwandt – zutiefst. Wir lechzen nacheinander. Es ist wie
ein sinnliches, festliches Konzert am Neujahrstag, mit Champagner, Pauken und Trompeten, in der Carnegie Hall, erste Reihe.

Dass wir uns nur vormittags haben, ist bitter, andererseits hilft
es, das Leben stabil zu halten.
Verurteile mich oder verurteile mich nicht.

Dein
Woody"

20

Ich bin verstört. Ich brauche zwei Wochen, um mich zu beruhigen. Ein bisschen Zahnpasta quillt aus der Tube, das schiebt man wieder rein. Aber so was? Woody, die Schlange im Wolfspelz? Man sollte meinen, dass die Ehe die Beliebigkeit des Begehrens unterbricht. Offensichtlich hat er seinen Menschenverstand der Leidenschaft geopfert.

Ich bin zu feige, Soon-Yi reinen Wein einzuschenken. Ich fühle mich schlecht und rette mich damit fortzufahren. Ich muss Soon-Yi mit Heldmanns Wahnsinn konfrontieren. Vielleicht geht sie davon aus, dass wie unter Trump vor allem in weltvergessenen, abgehängten Kleinstädten die Ressentiments gedeihen, die einem notorischen Lügner in die Hände spielen. Unser Demagoge lebt in einer Millionenstadt.

Während sie belgische Pralinen und Ingwerstäbchen nascht, schildere ich Soon-Yi, was Attila jetzt in Berlin treibt: In der Nähe digitaler Pausenhöfe kündigt er in einer seiner drei unterschiedlich großen Jogginghosen an, als zukünftiger Kanzler des Reiches die Todesstrafe durch Eier-Zertreten auf einem öffentlichen Platz einzuführen. Vermutlich hält er sich für eine Wiedergeburt Alexanders des Großen. In Fußgängerzonen beleidigt er Passanten. Perpetuum paranoia:

„Die Wirtschaft wird absichtlich abgewürgt. Ganze Branchen werden vernichtet. Politiker tun alles, um Panik zu verbreiten. Im Jahresvergleich ist die Sterblichkeit unverändert! Krankheitsfälle sind nur aus den Medien und Erzählungen anderer bekannt!"

Ich vermute, dass er Luther 1521 in Worms vor sich sieht: *„Hier stehe ich, ich kann nicht anders!"*

Das Adrenalin will wohl nicht aus seinem Körper. Zahl oder Kopf, er gewinnt immer. Seine Triebwerke laufen wie geschmiert. Er bleibt in seinem brodelnden Sumpf. Sein Bullshit kommt ungefiltert: *„Merkel bereitet eine kommunistische Militärdiktatur inklusive Völkermord an 50 Millionen Deutschen vor!"*

„Die Staatsgewalt will Keile!": Mit diesem Slogan marschiert Attila – begleitet von Online-Trollen aus den Paralleluniversen der *„sozialen"* Medien – ins Olympiastadion, um sich gegen die System-Medien aufzulehnen und die Verschwörung der Regierenden gegen das Volk zu geißeln. Begleitet wird er von einer Horde Schlägern, deren IQ zwischen Weißbrot und Zimmertemperatur liegt. Im Regionalfernsehen werden der Mob und das Pack ausführlich gezeigt. Da der Pöbel weder das Abgeordnetenhaus noch Schloss Bellevue stürmt, hält die Polizei den Ball flach.

Dann schließlich doch noch der Zugriff: Als in Höhe der VIP-Lounges unter seinem Wotanknoten ein Sprengstoffgürtel auftaucht, zieht ihn das Landesamt für Verfassungsschutz aus dem Verkehr. Lockdown.

Sie stecken Heldmann in ein Tierpflegerkostüm und fahren mit einem Bremer Fantasie-Kennzeichen weitab von Autobahnen lange über Land. Die Fahrt endet im Gemeindepsychiatrischen Zentrum Cloppenburg.

Zwischen Osnabrück und Oldenburg so weit das Auge reicht ein Mastbetrieb neben dem anderen. Im zentralen Schlachthof zerlegen mit einem Hungerlohn abgespeiste Rumänen noch dampfende Tierhälften.

21

Die Pegel sinken kontinuierlich. Wenn das so weitergeht, ist es mit der Schifffahrt auf dem Rhein-Herne-Kanal bald vorbei. Bettina und Veronica rufen dauernd an, Lei ist nicht zu Hause. Das nächste Mal nehme ich nicht ab.

Von Soon-Yi will ich wissen, ob sie schon mal in einer Psychiatrie war. »Natürlich«, sagt sie. »Ich hatte gut drei Monate Praktikum im Maßregelvollzug, breites Spektrum: wahnsinnige Frauenmörder, debile Kinderschänder, schizophrene Manager – alles, was du willst. Und natürlich auch ein paarmal Ausbildungsstationen in psychologischen Notfallambulanzen – durch kein Lehrbuch zu ersetzen!«

»Dann erzähle ich dir von diesem Gemeindepsychiatrischen Zentrum.« Das Klinikpersonal des St. Josefs-Hospitals hat sich mehr schlecht als recht an den Geruch von Gülle und frischem Fleisch gewöhnt. Die Schweinebauern im Oldenburger Münsterland haben es ebenfalls nicht leicht: Ihre Frauen sind verschwunden, beim Sprechen verklumpen sich die Silben, Buchstaben kollabieren. Selbst die Brombeeren lügen schamlos.

Attila schlägt nicht allein auf. Als das Landesamt ihn aus dem schwarzen SUV rollt, demonstrieren 320 Querdenker aus Solidarität mit ihrem Idol vor der Klinik gegen staatliche Willkür. *„Freiheit für Heldmann! Freiheit für Heldmann! Gegen Gesinnungsterror!"*

„GLAUBEN SIE JA NICHT, WER SIE SIND"

prangt über dem Tresen am Empfang. Jedenfalls sieht Attila es so. Bei der Aufnahme besteht er darauf, Magnus zu heißen.

Die ersten Tage in der Akut-Ambulanz verwirren ihn vollends. Überall Schizophrene, von der Pandemie endgültig aus der Bahn Geworfene, Sexsklaven und Suizidsüchtige mit frisch verbundenen Handgelenken. Über den Flur geistern Kleptokraten – von PwC, KPMG, Deloitte und EY für unbedenklich erklärt –, schwangere Stripperinnen, geschasste Rennfahrer und pensionierte Gefängnisdirektoren, die sich nuschelnd und stammelnd zuflüstern: *„Das Alleinsein ist die Chance, einen interessanten Menschen kennenzulernen."* In dieser Etage ist trotz des eingeschränkten Wortschatzes Konsens, dass dem Eberanstich eine Marienerscheinung folgt – eine dämonische Untersicht.

Attila wird prophylaktisch vor jeder Mahlzeit ein Schuss Haldol verabreicht. Er liest an der Stirnwand des Speisesaals:

„ALLE MÜSSEN MIT!"

Die wilden Knallfarben hat man überstrichen, um die Patienten nicht zu beunruhigen.

Nachdem seine wahre Identität durchgesickert ist, bitten der Chefarzt der Psychosomatik, vier Assistenzärzte, zwei Psychologen, der Verwaltungsdirektor, die Leitende Pflegekraft, der Hausmeister und der Koch um ein Autogramm.

Er wird auf eine reguläre Station verlegt. Auch dort im Erdgeschoss an den Fenstern keine Griffe, an den Türen statt Klinken nur Knäufe. Trotz der Isolation, obwohl das Leben heruntergefahren ist, kann er nicht schlafen. Er spült seine Armbanduhr weg – eine Zeit- und Bewegungsstudie.

Sediert und mit all den Verrückten kann er die Merkel-Diktatur nicht schlagen. Er bastelt an seiner Todesanzeige, das entlastet. Lange verhaken sich die Details, schlussendlich hat er nach 14 Entwürfen nichts mehr auszusetzen:

RIP

†

HIER RUHEN DIE TREUEN KÄMPFER

Mahmoud Heldmann

Attila Heldmann

Magnus Heldmann

1983 - 2024

STARK WIE EIN HUNNENKÖNIG

Die Anzeige setzt neue Kräfte frei. Nachts feilt er an einem Aufruf, der reinhaut. Er ergreift die Fackel der Menschheit und hält sie höher als irgendjemand vor ihm. Keine makellose Prosa, inhaltlich dafür weit aus dem Fenster gelehnt.

Cloppenburger Manifest

Merkel und Gates haben die Menschheit infiziert. Aber das deutsche Volk ist stark. Niemand liebt sein Vaterland so sehr wie wir. Deshalb: Wir werden überleben. Steht auf! Es ist Zeit aufzuräumen.

Genesis 1,28: »Seid fruchtbar und mehrt euch, füllt die Erde und unterwerft sie und waltet über die Fische des Meeres, über die Vögel des Himmels und über alle Tiere, die auf der Erde kriechen.« Wir füttern, hegen und pflegen – und was ist die Antwort? Gülle verseucht das Grundwasser, Linden verkleben unsere Autos und Golden Retriever platzieren ihre Bomben auf den Bürgersteigen. Woher kommen denn AIDS, Vogelgrippe, MERS, Ebola, Schweinegrippe, Dengue und SARS? Buschfleisch, Pelikanblut, Flughundkötel, Wildschweinschweiß, Schlangenschleim, Rinderhirn – das sind die Übeltäter. Die Seidenraupe brachte die Pest, die Fledermaus beschert uns Covid-19: Das ist die Wahrheit.

Die Pandemien gehen nahtlos ineinander über. Die Mächte des Satans geben keine Ruhe. Mensch und Tier kommen sich zu nahe. Mehr als 1000 Arten lassen ihre Viren auf uns, die Krone der Schöpfung, überspringen. Sie wollen uns töten. Für ein Nebeneinander ist kein Platz. Die Erde ist zu klein. Nur einer kann überleben. Vom Regenwurm bis zum Blauwal – Homo sapiens muss seine Existenz mit flammendem Schwert behaupten.

Ade also, Hansi, Du liebster Wellensittich, ade auch Du, liebe Blondi, Du feiner Schäferhund – Euer Schicksal muss besiegelt sein. Ob Orang-Utan oder Fadenwurm, ob Nachtigall oder Weinbergschnecke, Ihr müsst verschwinden, ein für alle Mal.

Fressen, nicht gefressen werden, fortpflanzen – das reicht nicht. Reinigen wir die Welt vom Eisbären, schreiten wir zur Tat und entfernen Nasenaffen und Mollusken! Tötet, was da kreucht und fleucht!

Der Kampf ums Überleben hat begonnen!

22

Medizinisch geht die Klinik bei Heldmann auf Wunsch des Landesamtes für Verfassungsschutz in die Vollen.

Visite: Der Professor – ein vornehmer älterer Herr mit sieben Kindern, das Gesicht eines Senators zur Blütezeit Roms – examiniert am Bett Attilas seine Mannschaft.

»CT, Urin und Blut sind – wenn auch knapp – in der Norm, die Rinde ist nur mäßig infiziert. Der Kollege von der Neurologie hat gestern ja auch noch ein über alle Maßen teures Schädel-MRT machen lassen. Was haben wir?«

Der Neurologe, Schwerpunkt Neuroökonomie: »Im Kopf keine kosmischen Weiten. Nur die Gehirnhälfte rechts ist nicht ganz symmetrisch, trotzdem einigermaßen durchblutet.«

Professor: »Der Hypothalamus?«

Neurologe: »Sein hormonelles Effektorgan sollte eigentlich imstande sein, für eine ausreichende Gedächtniskonsolidierung zu sorgen. Jedenfalls, wenn ihn nichts quält, Stress zum Beispiel, Narzissmus oder Selbstgerechtigkeit.«

Die jüngste Assistenzärztin: »Das Körpergedächtnis ist spektakulär. Der Patient lässt nichts aus, egal, welches Jahrzehnt aufgerufen wird.«

Ein gestandener Oberarzt: »Manchmal helfen ja Hausmittel, Backpflaume auf Dickdarm oder ein strammer Heuwickel.«

Der Professor will weiter, er hat einen Termin mit seinem Anlageberater: »Was für ein Fall! Also, empfiehlt sich eine geharnischte, energische Lobotomie, die tief im Gesunden ansetzt, arbeiten wir mit saftigen Elektroschocks oder pfeifen wir ihm nur eine extragroße Portion rosa Pillen rein? Ich bitte um radikale Aufrichtigkeit!«

Beim Rausgehen einigt man sich darauf, die großen Kanonen zunächst unter Verschluss zu halten. Zum Glück schlägt dann auch bereits eine doppelte Portion Neuroleptika an. Damit schläft Attila auch tagsüber viel, nachmittags fällt er in Ohnmacht. Er schwitzt deutlich weniger. Er verlangt nach Stulpenhandschuhen, die sind angeblich alle. Wenn es nicht regnet, gibt es sonntags nach der Suppe als extravagante Zugabe Vanillepudding und einen Teddy, den er fünf Minuten streicheln darf.

»Soon-Yi, entschuldige, Marlon kotzt auf den Teppich, der Arme würgt da wieder rum, ich muss da mal eben hin – bis gleich.« Mit Küchenkrepp und einem feuchten Lappen mache ich sauber, bedaure die Katze, versorge sie mit Streicheleinheiten und dann geht es weiter mit Attila:

Abends schleicht sich das Dunkel an. Ein Pfleger versucht, ihn für Rap, Black Metal und Rechtsrock zu begeistern. Heldmann bleibt bei Marschmusik.

Der Oberarzt empfiehlt Attila, häufiger zu masturbieren. Morgens, mittags und abends, das müsse er sich einfach angewöhnen. Wie häufig er nachts Hand an sich lege, sei seine Sache, die Richterskala sei da nach oben offen. Auch die Stationsärztin, eine Frau mit perfektem Make-up und einem Hauch Erotik, gibt sich Mühe. Sie bringt jede Menge Puzzles.

»Herr Magnus, wirklich, wenn Sie die kleinen Teile zusammensetzen, dann lernen Sie Probleme sachlich und strukturiert zu lösen. So etwas fördert das Kurzzeitgedächtnis, die Konzentration und Ihr Durchhaltevermögen. Glauben Sie mir, zahlreiche Studien belegen, dass das gut ist für Ihre koordinativen Fertigkeiten und Ihr Vorstellungsvermögen. Es ist wirklich so: In der Ruhe liegt die Kraft. Als Ärztin kann ich nur sagen, dass Ihre beiden Gehirnhälften aktiviert würden, ihre Dopamin-Produktion würde hochfahren, und gegen Demenz und Alzheimer ist das sowieso gut. Puzzeln, am besten mit mindestens 1000 monochromen Teilen, macht glücklich!«

Attila fühlt sich sexuell angestochen und verzehrt sich hilflos. Er traut sich nicht, ihr zu sagen, dass er sie hinreißend findet. Scharf wie ein Pavian – aber nicht einmal ein einziges würziges Kompliment bringt er über die Lippen. Stattdessen kippt er die Teile vom Tisch, rennt auf den Flur und pöbelt die Putzfrau an: Er hat sie schon lange im Verdacht, Anatolien allein aus wirtschaftlichen Gründen verlassen zu haben.

In der folgenden Nacht fantasiert er von Fluchtrutschen. Er träumt, auf einer Brücke zu stehen, außer Strümpfen hat er nichts an, dafür hält er ein Schild hoch: »Vorhäute kommen und Vorhäute gehen! Deutschland aber wird ewig bestehen!«

Nach 5 ½ Monaten – fast wäre er faul wie ein Waschbär geworden – riskiert es die Klinik: Sie entlässt ihn mit der Auflage, Aufregung zu vermeiden und nur Tätigkeiten im Wechsel von Sitzen und Stehen auszuüben. Er soll sich alle 14 Tage auf der Wache melden. Dem Oberarzt, normalerweise ein Energiebündel, ist nicht wohl, er hält aber still. Das Landesamt für Verfassungsschutz gibt grünes Licht.

Als Heldmann eingeliefert wurde, waren seine Augen grün-braun mit einem Stich ins Bernsteinfarbene. Bei seiner Entlassung gleicht er mit seiner weißblauen Iris einem verwilderten Husky. Der Schopf ist stumpf, sogar die Haare auf dem Arsch. Die Haut knittert, sie beginnt, an Elastizität zu verlieren.

23

Obwohl ich noch immer zu wenig trinke, komme ich mit der Hitze zurecht. Nur das Sprunggelenk quält mich, seit Wochen habe ich Schmerzen beim Gehen.

Bettina und Veronica kommen jetzt fast jede Woche zu Besuch. Irgendwie werde ich mit den beiden nicht warm. Lei ist hinterher immer ganz anders.

Im Herbst nimmt die Pandemie bedrohlich Fahrt auf. Bisher genoss man Beruhigung und Entschleunigung. Jetzt mutieren die Viren reihenweise. Die aggressive Seuche sucht sich ihre Opfer. Krematorien lagern Tote aus, Leichenwagen pendeln durch die Stadt. Militärfahrzeuge transportieren in langen Kolonnen notdürftig gezimmerte Särge.

Lei benutzt Öko-Seife aus Seegras. Ihr feines Craquelé breitet sich an Augenwinkeln und rund um den Mund von Jahr zu Jahr weiter aus. Ihr Raucherhusten stört mich nicht mehr. Corona-Speck und Hüftgold sind üppiger geworden, der Busen wird allmählich weicher. Meiner Liebe tut das nichts an. Sie altert wunderschön. Unsere Ehe: ein Versprechen auf Ordnung und Stabilität, das dem umtriebigen Verlangen Zukunft gibt. Vertrauen und Gewissheit, Zuversicht und Verlässlichkeit. Wir sind weit davon entfernt, uns zu Tode zu langweilen.

Eine intelligente und sympathische Studentin bringt die haarsträubend desorganisierte Poststelle meiner Schifffahrtsdirektion auf Vordermann. Sie sitzt wohl an ihrer Dissertation (Schwarmintelligent vernetzter Empathietransfer unter den Bedingungen einer chronifizierten Pandemie). Angeblich eine empirische Arbeit, bei der es um Fallbeispiele aus dem Kulturkreis der Roma geht. Ich werde der Sehenswürdigkeit mit dem perfekt geschnittenen, leuchtend messingfarbenen

Haar nicht sagen, dass sie wahnsinnig attraktiv ist, dass meine Haut brennt, dass ich von ihr geträumt habe.

Wenn ich mich frischer und aktiver fühlen würde, hätte ich mich offenbart. Ich kenne das gar nicht: Manchmal komme ich nicht mehr in die Gänge. Es gibt Tage, an denen ich eigentlich nur meine Ruhe will. Die Antriebslosigkeit passt nicht zu mir. Nicht einmal der Gedanke an Heldmann hält mich wach.

24

Um mich herum ein einziges Weiterso. Die Landwirtschaft wird industrialisiert. Der Anteil der Monokulturflächen steigt. Feldhamster sterben aus. Dem Profitstreben fehlt die Impulskontrolle. Ausländerfeindlichkeit nimmt rasant zu. Muslime werden stigmatisiert. Antisemitismus ist salonfähig. Rassistische Stereotypen breiten sich aus. Gauland & Co schüren ein Klima der Verrohung. Es sind zum Glück nicht nur alte Karpfen, mit denen ich bei RESPEKT gemeinsam versuche, klare Kante gegen menschenfeindliche Propaganda, Rechtspopulismus, rechte Gewalt, Rechtsterrorismus zu zeigen. Auch 16-, 20- und 28-Jährige wissen: Nationalismus, Hass und Hetze führen in die Barbarei.

Bevor ich Soon-Yi weiter berichten kann, hält sie mir einen Vortrag: »Arcadij, du und ich, wir glauben nicht an Horoskope. Egal, wie schwer das Schicksal ist: Die Verantwortung des Einzelnen löst sich doch nun wirklich nicht in Luft auf. Es gibt genug Pechvögel und Geschlagene, die die Kurve kriegen. Selbst bittere Erfahrungen müssen nicht im Elend enden.«

Wo sie recht hat, hat sie recht. Ich kann ihr bestätigen, dass es mit Attila tatsächlich auch zwei Jahre halbwegs gut geht. Er grantelt nur selbstgefällig vor sich hin.

Dann setzt er seine Tabletten ohne Rücksprache mit seinem Hausarzt ab, abrupt, alle auf einmal, ohne sie auszuschleichen. Wie von unsichtbaren Geistern gepeitscht hat er keine Ursache, an der Vorsehung zu zweifeln. Den Wind kann man nicht verbieten! Es kommt, wie es kommen muss!

Anfangs hält er sich einigermaßen und beschränkt sich auf Tiraden gegen Covid-Impfungen, mit denen, wie er weiß, Informationen abgezapft und das Gedächtnis gelöscht werden soll, Merkel ist korrupt, die stecken alle unter einer Decke.

Ich muss unterbrechen, es klingelt. Der Nachbar, ein Witwer, der seine Enkelin zu Besuch hat. Ob wir Puddingpulver haben. Haben wir. Auch Gelatine, sogar Milch und Mandelsplitter. Bevor ich bei Soon-Yi weitermache, gebe ich ihm auch noch einen Topf Sahne. Schönen Abend noch! Und Gruß an das Kind!

Soon-Yi hört aufmerksam zu, sie macht sich sogar Notizen: Ungeachtet seiner Schweißausbrüche wird Attila Ehrenoffizier der Gebirgsjäger und tritt bei der CDU in Sachsen auf. Der Seeheimer Kreis bittet zu Tisch, lädt ihn, nachdem PANORAMA Wind von der Sache bekommen hat, aber wieder aus. Den Vorschlag der Landesgruppe der CSU, nach Wildbad Kreuth zu kommen, nimmt er geschmeichelt an. Das Fernsehen hofiert ihn. Sandra Maischberger, Markus Lanz und Maybrit Illner lassen ihn posieren – schwer zu sagen, ob das Idioten sind oder ob die nur so tun. Immerhin: Der Bundespräsident, der zusammen mit Gerhard Schröder, Wolfgang Clement und Olaf Scholz Hartz IV konzipierte, lädt ihn nicht zum Neujahrsempfang. Im Schloss Bellevue hat dankenswerterweise jemand aufgepasst.

An Bushaltestellen indoktriniert Heldmann in gewohnter Weise Schulkinder, in Waschsalons knüpft er sich Alleinstehende vor. Eine Schlammflut aus Dreck: »Es ist nicht bewiesen, dass die Nasen-Mund-Masken nicht tödlich sind!« »In der Bolschewistenrepublik Deutschland ist das Trinkwasser vergiftet, um die Bevölkerung ruhig zu stellen!«

Selbst Obdachlose und Missbrauchsopfer verschont er nicht mit Angstpornos. Thematisch pendelt er zwischen dem Fortbestand des Reiches, der militärischen Intelligenz Ludendorffs und dem Lügenarsenal der rot-grün versifften Presse.

Soon-Yi, die Signale auffängt, bevor ich sie aussende, interveniert: »Arcadij, ich habe langsam keine Lust mehr, mir täglich eine Portion präfaschistischen Wahnsinns anzuhören. Der Typ könnte sich doch mal um den Nibelungen-Schatz kümmern. Und überhaupt: Wieso empört es ihn nicht, dass die Sozialversicherungsrente bei euch, soweit ich weiß, nicht über durchschnittlich 906 Euro hinauskommt? Kann der nicht mal die Augen aufmachen? Findet er es in Ordnung, dass 5 Prozent der Bevölkerung in Deutschland über 50 Prozent des Vermögens besitzen? Ist er im Ernst damit einverstanden, dass Frauen mehr als 20 Prozent schlechter bezahlt werden als Männer? Sorgt es ihn wirklich nicht, dass sich die Erderwärmung immer weiter beschleunigt? Hat er nicht die geringste Angst, dass Mikroplastik mittlerweile überall ist? Geht es dem Kerl wirklich am Arsch vorbei, dass es für die Lagerung von Atommüll keine Lösung gibt?«

Woher soll ich das wissen. Wir beenden unser Videogespräch nicht besonders euphorisch. Hinterher fällt mir ein: Würde unser Flammenwerfer seriöse Nachrichten verfolgen, könnte er wissen, dass 13,8 Prozent aller Kinder Hartz IV beziehen. Aber Soon-Yi hat schon recht: Das ist alles ziemlich anstrengend. Wenn sie allerdings noch mehr über Attila gehört hat, wird sie beeindruckt sein.

25

Am nächsten Tag mache ich im Büro früher Schluss. Mit unserer Gleitzeit ist das kein Problem. Auf dem Rückweg besorge ich ein großes Stück schwarzen Heilbutt und Spinat. Lei wird sich freuen.

Dass ich in der Küche stehe, ist normal. Am Wochenende bringe ich entweder Rinderrouladen mit Chicoréesalat oder Dorsch an Kartoffelstampf auf den Tisch. Wenn mir nichts einfällt, mache ich nur Linsensuppe nach einem nordkoreanischen Rezept. Sauerteigbrot und Dickmilch setze ich selbst an. Zu Weihnachten traue ich mich gewöhnlich an ein – bei kleiner Hitze – gegartes Rinderherz mit Backpflaumen. Das Gericht erfordert chirurgische Kenntnisse – aufschneiden, säubern, füllen, zunähen –, die ich mir nach einigen Fehlversuchen angelesen habe. Es lohnt sehr.

Drei Tage später will ich mit Soon-Yi weitermachen. Der Kater bettelt um Aufmerksamkeit. Marlon schubbert um meine Beine, quakt und gibt erst Ruhe, als ich ihn nachhaltig kraule. Nach all den Jahren weiß ich, dass er es am Kopf am meisten schätzt. Soon-Yi ist nur noch widerwillig bei der Sache. Im Hintergrund läuft Woody mit einer Kanne Tee durchs Bild.

Manchmal frage ich mich selbst, was die ganzen Details sollen. Trotzdem versuche ich, uns wieder in die Spur zu bringen. »Hey, wir holen uns jetzt erst mal was zu trinken, dann sehen wir, ob wir uns noch eine Ladung Heldmann zumuten wollen. Andererseits, es wäre schade, jetzt aufzuhören, der macht Sachen, die kann man sich nicht ausdenken. Vielleicht kannst du ihn sogar in deinem Blog kommentieren oder in einem Seminar vorstellen!« Sie schmunzelt, nickt und murmelt: » Was jetzt genau?«

Also zitiere ich aus meinen Unterlagen, dass es mit 28 steil bergab geht mit Attila. Er stößt im Netz auf eine Anleitung zur Verwandlung in einen Waschbären. Das ignoriert er, weil ihm unklar ist, ob seine Krankenversicherung dann weiterhin für ihn zuständig wäre. Stattdessen sucht er nach sozialen Utopien. Er schnappt sich eine Spielekonsole, markiert die Verräter mit Covid-19 und knallt sie ab.

Nachdem er unverblümt gegen überhöhtes Entgelt Führerbunkerbesichtigungen organisierte, wird ihm gerichtlich untersagt, eine eigene Website zu betreiben. Etwas Linderung ergibt sich aus dem Personalalarm der Reichsbürger. Der Kreisverband Deutschböhmen verleiht ihm die Ehrenmitgliedschaft. Bei der Feier – es ist Advent und draußen schon dunkel – gibt es Punsch, Eierlikör, selbst gebackene Spekulatius und unangenehm trockene Dominosteine. Attila verkündet, dass Merkel vor ein Militärgericht gehöre. Obwohl im Hintergrund Marschmusik spielt, lehnt er das Angebot ab, Vorsitzender des Schiedsgerichts zu werden. Bei einer routinierteren Einspielung des Badenweiler-Marsches hätte er es sich vielleicht anders überlegt.

»Und, wie siehst du das?«

»Ja, ja«, schließt Soon-Yi den Abend ab. »Der Fall scheint ziemlich klar: Dem dürfte vor allem soziale Integration fehlen. Der muss anscheinend ständig jemand anderes haben, der schuld ist. Nur wenn wir eigenverantwortlich denken, suchen wir keinen Schuldigen oder schieben unsere Probleme nicht von uns weg. Offensichtlich scheinen Selbsterkenntnis und Selbstakzeptanz Fremdwörter für ihn zu sein.«

26

Beim nächsten Mal klappt zunächst gar nichts. Kein Netz. Als das Internet wieder da ist, stimme ich zum Auftakt Soon-Yis letzter Bemerkung ausdrücklich zu und erwähne Attilas Wahnvorstellung, dass eine weltweit agierende, satanistische Elite Kinder entführt, sie gefangen hält, foltert und ermordet, um aus ihrem Blut eine Verjüngungsdroge zu gewinnen. Seit seinem 28. Geburtstag lässt ihn das nicht los. Wenn er vollends wild wird, nimmt er das 3-D-Puzzle, das er aus der Bücherhalle geklaut hat, und baut an seinem roten Lamborghini weiter. Die Stationsärztin hätte sich gefreut.

Auf der Seite Grundschulkönig könnte er die Länder Europas trainieren und ihre Hauptstädte lernen. Diese Konzentration geht ihm ab. Sich die Eier kraulen? Statt zu masturbieren macht er Sit-ups, 20 am Stück, danach 50 Liegestütze, dann wieder 20-mal den Oberkörper hoch. Das hält die Einsamkeit vorübergehend in Schach.

Lei unterbricht mich: »Du skypst ja schon wieder, seit Stunden, wahrscheinlich mit deiner Busenfreundin. Ich sage nichts dazu. Ach ja, falls du Milch für deinen Tee haben willst, müsstest du einkaufen gehen. Kannst du auch ein paar Nüsse mitbringen, bitte? Die gesalzenen, aber nicht wieder Erdnüsse. Und Chips – wenn sie haben, die mit Rosmarin. Und einen Beutel Mandarinen. Und Tabs für die Spülmaschine.«

»Ich geh gleich, fünf Minuten, ich bring auch Salat mit. Soll ich nachher Risotto mit Kräuterseitlingen machen?« Erst mal erzähle ich Soon-Yi noch schnell von Attilas Tieren. Sie als Pädagogin kann vielleicht beurteilen, ob das für irgendeine Störung typisch ist:

Der Hund, eine Mischung aus Magyar Vizsla und Australien Ridgeback, mit dem er es zwei Wochen versucht, gehorcht nicht. Er lässt das Tier laufen. Bulgarische Saisonarbeiter nehmen es mit in die Heimat. An der Schwarzmeerküste streunt der Rüde zwischen Hotelhochburgen herum. Eine Sängerin aus dem Wettersteingebirge, die schon in Spanien und Portugal Straßenköter gerettet hat, drückt das Tier an ihre Brust und nimmt es mit nach Hause in die Höllentalklamm, in der sie sich seit 20 Jahren versteckt hält.

Nach der missglückten Episode mit dem Hund versucht er Mähnenratten zu bekommen. Erfolglos. Diese flauschige Mischung aus Meerschweinchen und Stinktier reibt sich ihr Fell mit g-Strophanthin ein. Das Gift haut Elefanten um.

Jetzt hält Attila Schnappschildkröten unterm Bett. Sie beruhigen ihn, er ist nicht mehr allein. Eine der Schnappschildkröten ist ihm ähnlich, das spürt er. Ihre Reichweite ist begrenzt. Wer ihr zu nah kommt, riskiert mindestens einen Finger. Mit dem Futter gibt er sich Mühe. Er serviert frische Frösche. Wenn die Tiere niedergeschlagen sind, füttert er eine Hämorrhoide.

Apropos Bett: Er könnte der Menschheit einen Gefallen tun und sich zur Entgiftung ein paar Wochen bei irgendwelchen Nomaden mit Rentierfett einstreichen lassen. Besser noch wäre, 80, 90 Jahre in einem Stahlzylinder zu schlafen, gefüllt mit flüssigem, auf minus 273,15 Grad gekühltem Stickstoff, bis nur noch SUVs, Ameisen, Spieleentwickler und Investmentbanker die Erde bevölkern. Stattdessen schläft er in Frischhaltefolie. An guten Tagen ruft er zur Feier der männlichen Schönheit auf und zieht das Häschen-Bettzeug auf, hundertmal gewaschen, vorsichtig, nur mit 30 Grad, das darf nicht weg. Jedes Mal, wenn er darin schläft, ist er Gebirgsjäger und bei der Erstürmung der Düppeler Schanzen dabei. In Tiefschlaf fällt er nicht, nach dem Abenteuer im Süden Jütlands träumt er davon, als von Papst Benedikt geweihter Exorzist Muselmanen und Atheisten den Teufel auszutreiben.

Ich muss Soon-Yi abwürgen, Alarmstufe Rot, das Wasser- und Schifffahrtsamt meldet sich: eine Rutschung auf 30 Metern Länge am Neckar. Ich mobilisiere alles, was wir haben. Aus dem Einkauf wird nichts.

27

In zwei Tagen ist Silvester. Es ist deprimierend. Sämtliche Beihilfen für die Automobilindustrie fließen ungeschmälert, die Subventionen für die Agrarkonzerne sprudeln. Die Hälfte der deutschen Milch geht in den Export. Auf jede Tonne Schweinefleisch, die wir einführen, kommen zwei Tonnen, die wir ausführen. Im neuen Jahr wird nichts besser. Es bleibt dabei: Die Energiewende wird verschleppt, egal, wie schnell die Gletscher schmelzen.

Zum Jahreswechsel soll man an seiner Katze riechen, das bringt Weisheit und Erkenntnis. Wem, wird nicht gesagt. Ich fürchte langsam, dass alles egal ist, scheißegal. Wir können uns bei RESPEKT den Arsch aufreißen, es ändert nichts.

Morgens 100 Kniebeugen, danach 100 Liegestütze, zum Abschluss kaltes Duschen. Attila reifte im Eilverfahren zum Mann. Bei meiner Skype-Runde mit Soon-Yi in der zweiten Januarwoche erzähle ich, dass Attila gleichwohl auch als gestandener Mann keinen Tiefgang entwickelt. Sie will wissen, wie das mit Frauen bei ihm läuft.

»Dein komisches Mischwesen, dieser merkwürdige Kerl zwischen Demagoge und Würstchen, gibt er den Hengst des Monats?«

Ich verrate ihr, dass er erotisch und sexuell auf dem Trockenen sitzt. Es gelang ihm, sich mit der Miss Charlottenburg des Vorjahres ins Kino zu verabreden. Als er sie küssen wollte, verließ sie das *Delphi*. Danach schlawienerte er monatelang um eine Germany's-Next-Topmodel-Kandidatin herum. Die Gute ließ ihn aber ebenso wenig ran wie die Dschungelcamperin, die er anschließend im Visier hatte.

Auch mit mittlerweile 40 Jahren kommt er schwer aus den Federn. Er scrollt durch Darknet-Foren und nichtsnutzt den ganzen Tag, bevor er wieder mit gerechtem Zorn kokelt.

Trotzdem: Manchmal nehme ich ihn in Schutz. Gut, er hat Angst vor künstlicher Befruchtung und Gammastrahlen des Teufels, aber er ist noch nicht im Partisanenkampf: Weder ermordet er serienweise den Nachwuchs des Establishments, noch schlitzt er bei Nacht und Nebel Pferde auf. Bisher hat er noch nicht einmal Killer mit Weichmantelgeschossen gechartert. Er ist einfach kein ausgehungerter Wolf, er lebt nicht in einem Glas voller Skorpione und Fledermausurin. Neider behaupten, dass er sich als falscher Liftboy, Terrazzoschleifer und Parkwächter durchschlägt. Blanker Unsinn. Erst recht sind die Gerüchte infam, die im Netz zirkulieren: In ihm braut sich jede Menge Wahnsinn zusammen, ja, aber er ist definitiv weder Sadist, Corona-Schleuder noch Tierschänder. Er hortet nicht einmal Kinderpornografie. Selbstverständlich sind auch illegaler Schrotthandel und falsche Dollars nicht sein Metier. Einmal im Monat stelle ich das in Leserbriefen an den Tagesspiegel und in Kommentaren bei Facebook und Twitter klar.

Soon-Yi: »Macht er denn beruflich irgendwas? Er muss doch irgendwie Geld verdienen – oder nicht?«

»Doch, doch«, werfe ich ein, »er versucht, an ein Praktikum anzuknüpfen, das er vor Jahren bei der Deutschen Bank absolvierte. Sein Ausbilder gab sich Mühe, schaffte es aber nicht, ihm zu zeigen, wie man den Libor manipuliert. Attila scheiterte selbst bei einem kleineren Cum-Ex-Geschäft am Dividendenstripping.« Ich putze meine Lesebrille, das wird nichts, das Mikrofasertuch ist klebrig. Also weiter: »Heldmann bewarb sich elogenhaft in der Frankfurter Zentrale, wurde aber – obwohl er sich mit Insiderwissen gespickt als Geldwäscher empfahl – ignoriert. Auch diese Kränkung steckte er weg, ohne sich zu beschweren. Innerlich allerdings kochte er.

Notgedrungen feudelt er bis heute im Polizeihundesport-verein und versucht, mit gefälschten Fußmatten bei BMW zu landen. Im Nebenerwerb versorgt er GSG 9-Kämpfer mit gestrecktem Plutonium.«

Der Wahrheit zuliebe lasse ich seine sympathischen Eigenschaften nicht unerwähnt: Attila verzichtet auf Plastik, jedenfalls behauptet er das. Zu seinen freundlichen Seiten gehört sicher auch seine Vorliebe für Ingwerkekse. Trocken oder gefüllt, er nascht sie in allen Formen. Auf den Geschmack fährt er so sehr ab, dass er über der Spüle einen Leckstein mit Ingweraroma anbringen ließ.

Er ist zudem ungewöhnlich wetterfest. Sturm von vorn macht ihm nichts aus. Windhosen in Orkanstärke, abrupte Böen, die urplötzlich aus einer Straßenschlucht fauchen, nicht einmal peitschender Sturm – er schreitet voran, unbeirrt der Befreiung des Vaterlandes entgegen. Dumme Gedanken wehen ihm nicht aus dem Kopf.

Sein größter Aktivposten auf der Welt ist gekörnter Pansen, der in seiner improvisierten Küche simmert. Den PEGIDA-, NSU-2.0- und QAnon-Chefs serviert er die Suppe süß-sauer oder mit Pflaumen.

Am Herd lebt er auf. Über den Töpfen ist er überhaupt nicht wütend. Er experimentiert mit exotischen Gewürzen und Beilagen aus Vietnam, die er auf dem Balkon zieht. Geräucherter Heilbutt mit reifem Stilton – diese Kombination hat er aufgegeben. Weder mit einem Schlag Crème fraîche noch mit pürierten Shiitake schmeckt das wirklich gut, nicht einmal mit Limettensaft oder Kalbsfond geht das. Auch mit Schwarzwurzeln ist er durch, er kriegt sie einfach nicht à point.

Fast könnte man Mitleid mit ihm haben: Wenn ihn grober Urin quält, kann er nicht kochen.

28

Egal, wie niedergeschlagen ich bin: Während ich mit meiner Freundin skype, kraule ich Marlon am Kopf. Er kann davon nicht genug kriegen, besonders, wenn die Ohren drankommen. Ich opfere mich gern, denn Marlon – das kann man wirklich sagen – ist die schönste Katze der Welt: aufmerksamer Blick, schneeweiße Schnurrhaare, weiße Pfoten, darüber hinaus schwarzes, glänzendes Fell. Alle Katzen bewegen sich geschmeidig, Marlon aber ist zugleich eine elegante Augenweide mit Charakter.

Soon-Yi hatte es seit Langem vermutet, ich kann ihr nur zustimmen: Der Rüpel und der Rabauke, das ist nur die halbe Wahrheit. Attila, die blinde Katze, der Waise der Welt. Das populistische Großmaul braucht Schutz, wie ein Welpe, den die Mutter verlassen hat.

Ich erzähle ihr, dass ihm die Bewegung Nováček bereitstellte, einen im albanischen Geheimdienst sozialisierten Kampfschwimmer, und Harald, einen kantigen Brocken aus Pinneberg. Attila hatte auf Freundschaft und so etwas Ähnliches wie Vertrauen und Nähe gehofft. Er wurde bitter enttäuscht.

Beide Herren – keine Visitenkarten, aber sprechende Visagen – sind stumm und daran gewöhnt, stundenlang zu stehen. Sowohl Nováček als auch Harald kommen aus dem Rotlichtmilieu. Sie sollen, postiert vor Attilas Haus, Attacken von auf Buttersäure spezialisierten linksautonomen Zecken verhindern und ANTIFA-Kommandos verbeulen. Seltsamerweise sind beide nicht tätowiert. Unmissverständliche Pratzen, aber keiner hinkt, nicht einmal Blumenkohlohren.

Haralds Nacken war früher muskulös, jetzt sitzt der Schädel direkt auf der Schulter. Nach einer Entzündung in der Leber, die

Bakterien in den Blutkreislauf jagte, wurde er als Türsteher aussortiert. Er fürchtet sich vor Albinos und setzt zur Stärkung des Nervensystems auf Kinderblut. Zum Kochen von Meth reicht es ebenso wenig wie für Cyberkriminalität, immerhin kann er belastbar bis acht zählen.

Nováček, sowohl russischer als auch israelischer Staatsbürger, immun gegen Nervengift, trägt schwarz-weiß-rote Wäsche, bevorzugt Feinripp. Er träumt davon, dass Straßburg, Königsberg und Odessa bald wieder deutsch sind. Nováček wird alle 30 Minuten von seiner Tante angerufen, einer dominanten Frau, die gerne recht hat und ihren Gläubigern stets einen Schritt voraus ist.

„Alles wird gut" – so etwas flüstert keiner der beiden Attila ins Ohr. Emotionalen Halt, Selbstsicherheit und Zuversicht tankt er hier nicht. Stattdessen beginnen sich in seinem Viertel Putzfrauen gewerkschaftlich zu organisieren; eine Bürgerinitiative bringt Obdachlose lautstark im *Sheraton* unter; Studenten blockieren eine wichtige Kreuzung und treiben die Autofahrer zur Verzweiflung. Sie fordern, Superreiche zu besteuern. Attila versteht das alles nicht. Ihm schwant, dass die Dominanz des weißen reichen Mannes zu Ende geht. Seit seiner Covid-Infektion kann er nur Kiefern riechen.

29

Lei versucht, mich aufzumuntern. Immer so niedergeschlagen rumzuhängen, das sei doch nichts. Ein Ausflug wäre was, ich könne mich auch mal bekochen lassen.

Wir fahren nach Potsdam und gönnen uns dort ein feines Sterne-Restaurant. Sie sitzt hin am Steuer, ich zurück. Na ja. Meine Frau nimmt vorweg sechs Austern, danach wie immer ihren gratinierten Blumenkohl. Das klingt simpel, ist aber, wie sie sagt, köstlich. Meine Vorspeise ist ein Ceviche aus Kabeljau, Zander, Wolfsbarsch und Goldbarsch, danach schwelge ich in Hechtklößchen mit einer alles andere als mageren Dillsauce.

Die Rückfahrt absolviere ich routiniert und sicher. Zwei Gläser Wein – ein schöner Sauvignon Blanc – machen mir nicht im Geringsten etwas aus. Wir hören Musik und düstere Nachrichten: Ein farbiger Häftling, angekettet in der Zelle einer Revierwache, verbrennt, *„weil sich seine Matratze entzündete"*. Und Europa traut sich nicht, den Rechtsstaat in Ungarn und Polen zu verteidigen.

Ich erzähle Lei, dass der Pöbel gestern vor einem Test-Center für AfD-Wähler einem Rabbi ins Gesicht gespuckt hat. Mich regt das fürchterlich auf. Lei selbst hat gesehen, wie das Pack einer Frau in der Fußgängerzone das Tuch vom Kopf riss. Der Hass auf Andersgläubige ist blind: Getroffen wurde eine katholische Studentin aus Italien.

Am folgenden Abend hoffe ich, dass Soon-Yi wieder Zeit für meinen nächsten Bericht hat. Sie geht sofort ran und ich schieße los: Montags und donnerstags klappert Attila fünf, sechs Apotheken ab. In den Mülltonnen sucht er, was Muskeln aufbaut. Aus dem Abfall fischt und fingert er Kreatin-Kapseln, Indische Stachelbeeren, L-Glutamin, ultra-mikronisiertes

Kreatin-Monohydrat und Zinkbisglycinat-Kapseln. Seine Security hält er mit Fotos von Kaiser Wilhelm, Brekkies und dem, was die Apotheken entsorgt haben, bei Laune.

Sein Viertel steht unter Gentrifizierungsdruck. Geplant ist eine Straße der Enthusiasten: elegante Barbier-Läden, ein Start-up für Bauchspeicheldrüsen aus dem 3-D-Drucker, Shisha-Bars, Nagelstudios und elaborierte Coffeeshops, aber netterweise auch zwei erfahrene Freudenmädchen, ein Künstler, der Napoleon bildhauert, und zwei Liebende in einem großen Bett. Eine Stiftung finanziert das Jüdische Bildungszentrum Chabad. 70 Jahre nach der Schoa werden wieder Rabbiner ausgebildet. Rund um das Gebäude lässt die Stadtverwaltung Volker Auschwitz, einen Beamten des Landesbetriebs Verkehr, kontrollieren, ob in den Fonds der abgestellten Autos ein Parkschein liegt.

Hat Attila die Adresse des Paradieses? Er lebt in 2,5-Zimmern, überall Dachschrägen. Neben dem Sofa ein Seestern aus Kunststoff, auf dem Fensterbrett der Zeh eines Sumoringers. Im Deutschen Herbst versteckte die RAF in dieser Wohnung ein halbes Dutzend Schläfer. Sie liegt zwischen einer Schaumfabrik und einer Käserei für Connaisseure, in der sich die Besserverdienenden versorgen. Auf den Käsehändler, eine Seelenschönheit, die sich zum Adonis modellieren ließ, ist Attila neidisch. Der Mann riecht nach Estragon und Macchia. Heldmann vermutet, dass die Reichen ihre Rheumatabletten mit Champagner runterspülen. Er macht daraus: *„Die Eliten indoktrinieren die Bürger!"*

Lei unterbricht mich: »Arcadij, Liebling, der Mülleimer stinkt, merkst du das eigentlich nicht? Das Katzenklo muss auch dringend sauber gemacht werden.«

»Ok«, sage ich, »mach ich gleich. Kuss!«

Ich blättere in einem Heldmann-Aktendeckel mit losen Unterlagen. Ich könnte Soon-Yi zum Schluss noch erzählen, dass Attilas Arbeitsvermittlerin auch Karrieren diverser Sexroboter betreut. Sie toleriert, dass Heldmann niemals einen Job finden wird. Vor allem respektiert sie seine Wut. Attila mag sie. Sie ist dünn wie ein Strohhalm und überdurchschnittlich gelenkig. Ihre Handgelenke passen durch einen Serviettenring. Wenn er bei Nieselregen aus dem Jobcenter geht, brummt er, dass alle Frauen Sexparasiten sind.

Zu guter Letzt fragt mich Soon-Yi, wie es meiner Mutter geht. »Ach«, sage ich, »die hält sich tapfer. Ich besuche sie selten, aber ich rufe an. Wenn sie klar ist, erkennt sie mich und wir erzählen uns Geschichten von früher – „Weißt du noch …?" Das ist richtig schön.«

30

Heute bin ich wieder um 14 Uhr aus dem Büro abgehauen und habe mich zu Hause hingelegt. Ich esse wenig und bewege mich langsam. Mit halbem Ohr höre ich gerade noch in den Nachrichten, dass die Bundesregierung die Ausfuhrgenehmigungen für Waffen hochfährt. Deutschland exportiert den Tod. Allein das G3-Sturmgewehr von Heckler & Koch ist mit zehn Millionen Exemplaren in über 80 Ländern der Welt in Umlauf.

Auf der Dorfstraße hängt eine Hungergestalt ab. Der Drogi lehnt am Briefkasten – ja, wir haben keinen Tante-Emma-Laden und keine Kneipe, aber Postanschluss – und unterhält sich mit Ramona, der Tochter des Gemeindevorstehers. Ramona versucht, sich als Escort über Wasser zu halten. Da sie mit den Strümpfen, die sie sich extra angeschafft hat, nicht mal wie eine Edelnutte aussieht, kommt sie über ein Happy-Hour-Model nicht hinaus.

Abends möchte Soon-Yi wissen, was aus Attilas Eltern geworden ist. Ohne etwas zu beschönigen, berichte ich wahrheitsgetreu, dass sein Vater – wenn überhaupt – nur sonntagvormittags kurz mit ihm redete.

Bei seiner Mutter wurden nach einem Sturz im Treppenhaus – Knöchel, Schienbein und Schulter mussten gegipst werden – sechs verschiedene Krebsarten entdeckt. Seitdem hatte sie einen eigenen Aktenschrank im Universitätskrankenhaus.

Tapfer, wie sie war, arbeitete sie an drei Tagen in der Woche halbtags in einer Buchhandlung. Dort gab sie Kinderkurse in Japan-Bindung. Alle waren begeistert, das Regionalfernsehen berichtete.

Dramatischerweise kam sie bei einem Verkehrsunfall ums Leben. Bei Regen, euphorisiert von Koks, rammte kein Geringerer als der stellvertretende Leiter des US-Konsulats, ein Mann

mit Ohren wie Fledermausflügel, fünf Stelzen einer Autobahn-
brücke, überfuhr anschließend beim Linksabbiegen Heldmanns
Mutter und hielt nicht einmal an. Eine hochauflösende Video-
kamera, das BKA schaltete sich auf, zeichnete das auf.

Der Fahrer war auf dem Rückweg von seiner Geliebten
und hatte mindestens 1,8 Promille im Blut. Der diplomatische
Status war reine Tarnung, tatsächlich führte er 36 Agenten in
Belarus. Interpol suchte ihn wegen erwerbsmäßigen Betrugs.
Bevor er unter die Fittiche des Großen Bruders schlüpfte, war
er in South Carolina Consultant für Waffengeschäfte – ein Metier, in dem bekanntermaßen noch nicht einmal auf notariell
beglaubigte Verträge Verlass ist.

Asservate verschwanden, Staatsanwälte wurden versetzt.
Die USA pochten auf das Wiener Übereinkommen über diplomatische und konsularische Beziehungen. Angesichts der völ-
kerrechtlich verbürgten Immunität kam es zu keiner Anklage.

Attilas Mutter sollte anonym bestattet werden, das verhin-
derte der Vater. Man brachte ihren Leichnam auf den Zentral-
friedhof Friedrichsfelde, wo sie in Parzelle 16, Graben 8, Pfos-
ten 39 beigesetzt wurde. Die Zeremonie war schlicht, es gab
Feldblumen, für eine Granitplatte reichte es nicht.

31

Die Nachrichten melden, dass RESPEKT jetzt offiziell als Verdachtsfall geführt wird. Ich hätte das nicht für möglich gehalten. Es fällt mir schwer, nicht den Glauben – an was auch immer – zu verlieren.

Nach gut einer Woche klappt es wieder mit einer Skype-Konferenz.

Soon-Yi: »Ich habe übrigens neulich eine historisch bewanderte Assistentin gebeten, mal zu recherchieren, was es über den echten Attila und die Hunnen gibt. Sie sagt, dass nur wenig Gesichertes existiert, aber immerhin. Das älteste Dokument stammt wohl von dem Römer Ammianus Marcellinus. Marcellinus beschreibt Ende des 4. Jahrhunderts die Hunnen so: *„Alle besitzen sie gedrungene und starke Glieder und einen muskulösen Nacken und sind so entsetzlich entstellt und gekrümmt, dass man sie für zweibeinige Bestien (…) halten könnte (…).“* Die Christen haben Attila in ihrer Geschichtsschreibung immer als FLAGELLUM DEI, als *„Geißel Gottes"*, stilisiert. Ansonsten dürfte nur noch gesichert sein, dass Attila 453 ausgerechnet in seiner Hochzeitsnacht einen rätselhaften Tod starb: Vermutlich war ein Blutsturz infolge von Trunkenheit die Ursache. Hegel spricht von Attila interessanterweise in den *„Vorlesungen über die Geschichte der Philosophie"* als eine Erscheinung, die wie ein bloßer Gewittersturm anschwillt, alles niederreißt, aber auch nach kurzer Zeit so verflossen ist, dass man seine Spuren in den Ruinen, die er zurücklässt, nicht mehr erkennt.«

»Wow, das wusste ich alles nicht!«

Bei Soon-Yi scheppert und klappert es im Hintergrund. »Habt ihr jetzt etwa einen ausgewachsenen Bernhardiner in Pflege?«, frage ich sie.

Soon-Yi beruhigt mich: »Das ist der Klempner. Den ganzen Tag war das Wasser abgestellt, jetzt kriegen sie es nicht in Gang.«

Ich frage sie, ob ich mit Heldmanns Vater weitermachen soll. Das findet sie interessant. Der gute Mann betete bis zu seinem Abgang fünfmal am Tag. Islamisten taten ihm nichts an, er blieb staatstragend und stand nach drei Jahren *„Börse vor acht"* fest auf dem Boden der freiheitlich-demokratischen Grundordnung. Die Bedeutung von Rechtsstaat und Gewaltmonopol hatte sich ihm eingeschrieben.

Zur Bundeswehr wäre er gern gegangen, Mobilmachungsplatzkommandant oder Oberstleutnant im Generalstab wären eine feine Sache gewesen. Er war jedoch zu alt, zudem hatte er bei einem Test eine Gruppe von Beobachtern mit dem Maschinengewehr niedergemäht. Er wurde Wahlhelfer, zählte alle vier Jahre Briefwahlstimmen aus und fungierte als Beisitzer in Widerspruchsausschüssen, die über Asylgesuche entschieden. Mehr billigte man ihm nicht zu.

Er machte weiterhin einen Bogen um Schweine und trank keinen Tropfen Alkohol, nicht einmal selbst angesetzten Walnusslikör. Politische Heimat suchte er in der WerteUnion, in der durchaus intensiv gezecht wurde. Männer wie Hans-Georg Maaßen, eingruppiert wie ein Bundesbankdirektor, faszinierten ihn. Anfangs wurde er ohne ein Gefühl für Fair-Play nur belächelt und ignoriert, dann lächerlich gemacht und offen gedisst – nicht durch kalkulierte Demütigungen, sondern spontan und aus vollem Herzen. Schwer traumatisiert verzweifelte er und verlor den Glauben.

Heldmanns Familie versank endgültig im Chaos. Sein Vater nahm sich auf dem Dachboden mit einem Strick das Leben.

Am Totensonntag reibt Attila sich die Backe und pinkelt, nachdem er sich sorgfältig nach rechts und links umgesehen hat, minutenlang auf das Grab. Rache, Wut, Trauer, Verzweiflung – was in dieser dunklen Mischung unterwegs ist, weiß er nicht.

Soon-Yis barscher Kommentar kommt so trocken rüber, dass ich mich erschrecke: »Meine Heimkinder sind Lichtjahre schwerer traumatisiert als dein Attila. Für eine Familientragödie, die den Kerl entschuldigt, reicht das vorn und hinten nicht. Still schleicht das Schicksal herum auf dieser Welt, da muss man schon den Vorbedeutungen trotzen! Im Kampf mit dem eisernen Fluch siegt nur die rüstige Tat!«

In den nächsten Tagen bin ich still. Ich muss mit dem Morton-Syndrom zur Osteopathin. Mein Rücken, vor allem die Lendenwirbelsäule, braucht mindestens zwölf Doppelstunden Physiotherapie. Außerdem sollten die Enzyme meines Johanniskrautöls endlich verhindern, dass sich der Rest an Dopamin, den ich noch habe, in Stresshormone verwandelt.

32

Ich weiß schon, warum ich derzeit lieber nicht skype. Die Lunge meiner Seele ist mit reinem Sauerstoff gefüllt. Während Marlon an meinen Schnürsenkeln zerrt, sitze ich über einem Brief:

„Liebe Soon-Yi,

erschrick nicht, dass ich schreibe. Ich bin angezählt. Der Gesundheitsminister bestellt bei einer Firma seines Mannes 80 Millionen CO_2- Masken – keinen interessiert das.

Seit Wochen mache ich mir ziemlich schwere und auch schwarze Sorgen. Vielleicht ist eine kleine Depression im Anmarsch.

Wir haben im Dorf ja zwei, drei merkwürdige Gestalten und kauzige Lebenskünstler. Da ist die stark verpeilte Fremdsprachenkorrespondentin für Farsi, die aus Angst vor Elektrosmog und Erdstrahlen in holländischen Holzclogs rumläuft. Selbst einen kurzen Schnack über den Gartenzaun über Politik sollte man vermeiden. Sie besteht vehement darauf, dass es allen gut geht, wenn es der Wirtschaft gut geht. Zwei Häuser weiter lebt eine freundliche alte Dame, die erfolgreich Gürtelrose und Warzen bespricht. Sie kann davon leben, die Leute kommen aus Berlin und Leipzig. Und dann haben wir in Predöhl einen Rutengänger. Egal, wie das Wetter ist, er läuft mit Weste und Basecap rum. Und er kann tatsächlich, ohne Hokuspokus, Wasseradern lokalisieren. Vielleicht sollte ich ihn mal fragen, ob seine Wünschelrute auch bei mir irgendwie ausschlägt.

Der Glaube, dass alles gut wird, ist mir verloren gegangen. Ich stehe kaum noch auf, esse – wenn ich nicht für Lei koche – fast nur noch Reste ziemlich alter Schokolade und – falls vorhanden – Dinkelflocken, die ihr Haltbarkeitsdatum überschritten haben. Aber sei beruhigt, ich dusche alle paar Wochen. Im finalen Stadium bin ich also nicht. Was du von Woody berichtest, ist absolut gruselig. Redet ihr eigentlich noch miteinander?

Lass ihn nicht vom Haken, ihr braucht euch. Hier geht in Wahrheit auch alles den Bach runter. Wir regen uns über Corona, Trump und Heldmann auf – ich ja auch. Die großen Themen aber, die viel wichtiger sind, umschiffen wir elegant.

Ich rede gar nicht davon, dass die Ausbeutung ein Ende haben muss. Kein Pathos. Du weißt, ich räsoniere nicht gern über das Schlechte im Menschen und lamentiere genauso wenig über Heuchelei im Allgemeinen. Ich mag es ja lieber konkret. Die offiziellen Zahlen: Weltweit sind 690 Millionen Menschen unterernährt, 5 Millionen Kinder sterben vor ihrem fünften Geburtstag. Über 670 Millionen haben keinen Zugang zu Toiletten. Und wir bleiben dabei, wir wollen eine einzige Richtung, wir sind nur auf eins fixiert: immer schneller und immer mehr. Dass – was vermeidbar wäre – in Deutschland mehr als 15.000 Menschen jährlich an Krankenhauskeimen und damit mehr als an Covid-19 sterben, interessiert niemanden. Die Begrenzung der Erderwärmung auf 1,5° C – beschlossen 2015 in Paris auf der UN-Klimakonferenz – ist nur noch ein schlechter Witz. Der Meeresspiegel steigt kontinuierlich. Und ja: Jeden Tag sterben 150 Arten aus.

Seit 20 Jahren geht es Schlag auf Schlag: 11.9.2001 World Trade Center, die Kriege in Afghanistan und im Irak, 2008 Finanzkrise, Fukushima 2011, die islamistischen Terrorattacken, die Flüchtlingswelle 2015, der Absturz diverser Demokratien in die Abgründe autoritärer Herrschaft, die schnelle Abfolge weltweiter Infektionskrankheiten, der Klimawandel – es ist Katastrophenzeit. Die Zerstörung des Ökosystems hat einen Schwellenwert erreicht, der einen Zusammenbruch wahrscheinlich macht.

Von unserem Übergewicht könnte die ganze Welt satt werden. In 10 oder 20 Jahren sind wir feinsinnigen Bildungsbürger dran:

Dann ist Schluss mit Klavierspielen, Theater und italienischen Restaurants. Wir werden unseren Wohlstand und das geordnete Leben in Hurrikans, Tropenstürmen, Fluten und Dürren verlieren. Wie wir leben, das ist doch wirklich nichts anderes, als den Kopf in den Sand zu stecken. Trance und Lethargie. Mehr als vages Unbehagen bringen wir nicht zustande. Wenn man ehrlich ist: Wir sind eine durch und durch abgehalfterte Generation, zu nichts mehr zu gebrauchen, jedenfalls zu nichts Vernünftigem. Als ob die vor den Lebensbedingungen in Afrika fliehenden Menschen nur vorübergehend kämen – wir sind unfähig, die notwendigen Veränderungen einzuleiten. Selbst eine so elementare Grundfunktion wie Gesundheit überlassen wir weiterhin der abgeschmackten, nach schnellem Gewinn gierenden Privatwirtschaft – Profit über alles. Überall Angst vor Politik. Wer von Gleichheit spricht, spinnt. Wer das Recht auf Glück erwähnt, ist ein Fantast.

Dabei ist das Wissen um das, was zu tun ist, längst geboren. Solange Millionen nicht an die Wahrheit glauben, solange die Profite sprudeln, siegt die Niedertracht. Es reicht, dass wir uns von ambitionierten Programmen begöschen lassen. Dann kommen die Lobbyisten, die öffentliche Meinung verteidigt die bestehenden Verhältnisse, die Industrie lässt sich die Butter nicht vom Brot nehmen. Dass ambitionierte, sinnvolle Konzepte gegen die Wand gefahren werden, interessiert uns nicht mehr. Ach, ich höre auf. Wenn wir schon politisch versagen und in die Katastrophe schliddern – vielleicht können wir wenigstens im Privaten das Gröbste vermeiden.

Ich grüße Dich von Herzen, sei umarmt! Gruß an Woody! Dein alter und immer treuer Freund Arcadij"

33

Der Kater kratzt – was er definitiv nicht soll – am Sofa. Entweder ist er beleidigt oder er hat Hunger. Verfressenes Vieh. Wahrscheinlich will Marlon sich instinktiv stärken, bevor er durch seine Klappe in die Nacht verschwindet. Das Revier muss verteidigt werden! Ich bin gnädig und speise ihn nicht wie sonst mit einer Handvoll Trockenfutter ab, sondern serviere Dorschleber mit Huhn aus der Dose. Er trinkt wie üblich nicht aus seinem Napf, er liebt es, aus einer Vase zu trinken.

Soon-Yi sagt zu meinem Brief irgendwas von einer von Gier und Egoismus gesteuerten Gesellschaft, die von eitlen und unfähigen Führern in den Untergang gelenkt wird. Sie kennt meine dunklen Phasen und weiß, dass ich mich auch wieder berappele.

Ich reiße mich zusammen und nehme den Faden für sie wieder auf: Attila, der Spinner voll strahlender, abgrundtiefer Einfalt. Er hat – Soon-Yi hört wieder sehr ernsthaft zu – Marotten, die den Rahmen des Alltäglichen sprengen. Festnetz und Handy zum Beispiel kommen wegen Strahlung und Überwachung nicht infrage. Höcke kann ihn nicht erreichen.

Je nach Wochentag verkleidet Heldmann sich außerdem als Christian Lindner, Steve Bannon oder Mike Pence. Er streamt tagelang Videos, hat vergessen, was ein dreidimensionaler Raum ist. Abends träumt er von stiller Hipsterbrause, Dschungeltapeten und einem Abenteuerurlaub mit Verschwörungstheoretikern, auch wenn die wahrscheinlich Motivsocken tragen.

Die Frisur unterstreicht sein Charisma. Gymnasiallehrerinnen bezeichnen diese Haartracht hinter vorgehaltener Hand als Kanakenschnitt.

Sobald er frischen Pansen braucht, geht er zum Schlachter seines Vertrauens. Wenn er Pech hat, wird er von einem Kopftuchmädchen, das fließend Deutsch spricht, bedient. Auf dem Rückweg überholt ihn bisweilen ein Ultraorthodoxer mit provozierenden Schläfenlocken. Attila aktiviert seine Schnappatmung. Soll er den Burschen zurechtweisen?

Das schwedische Fernsehen arbeitet an einer Reportage über Rechtsradikale in Deutschland. Sie begleiten Attila auf Schritt und Tritt, folglich beherrscht er sich und verteilt nur Reichskriegsflaggen. Begegnet ihm jemand mit Mundschutz, pöbelt er ihn an. Das lässt er sich nicht nehmen. Zu Hause beobachtet er wieder das Pädophilennetzwerk Angela Merkels.

Soon-Yis Kommentar: »Der braucht einfach eine Überdosis Pathos.«

Es ist spät geworden. Vor dem leer stehenden, halb verfallenen Bullenstall flattern Bulldogfledermäuse. Sie jagen Motten. Als ich todmüde das Licht ausmache, höre ich Gemurmel und zuschlagende Wagentüren. Predöhl hatte wieder einmal Ausgang: Ein Trupp Männer war wie jede Woche im Nachbarort zum Saufen. Nach acht Bieren bestellt man – jetzt schon stark rotgesichtig – eine Runde Schnaps und dann noch eine. Schließlich fährt man auf Schleichwegen nach Hause.

35

Bei der nächsten Skype-Konferenz entführe ich Soon-Yi auf die Balearen: Zwei-, dreimal im Jahr nimmt der Kronanwalt des AfD-Flügels Attila für ein Wochenende mit nach Mallorca. Der Fachanwalt für Körperverletzung und Steuerbetrug war nie in der engeren Wahl für den Sexiest Man Alive. Kenner erblicken eine Mischung aus Consigliere und Zuschläger.

Der Paragrafenmann sitzt in seinem Lieblingslokal. Das Restaurant bietet einen einmalig schönen Blick aufs Meer. Sein Motor läuft auf Alkohol. Früher schüttete er nur vormittags Rioja hinein. Jetzt wird seine Zufuhr über den ganzen Tag verteilt elektronisch dosiert.

»Señora«, ruft er unangenehm laut und denkt, Mann, hat die einen Arsch, »ich nehme Mulligatawny-Suppe, eine anständige Portion Saumfleisch, gegrillt, aber das Bürgermeisterstück, und davor zwei, drei oder vier Bällchen Monstermett mit scharfen Zwiebeln und einer Extraportion Knoblauch. Das Ganze zack, zack, por favor.«

Attila ist in einem Billighotel untergebracht. An der *Platja de Palma*, das Balneario 6 in Sicht, setzt er sich eine grüne Kurzhaarperücke auf und schnürt sich ein Hundehalsband um. Ein Treffen mit Vertretern der Goldenen Morgenröte aus Athen oder spanischen Faschisten wäre nicht schlecht, aber das klappt nicht. Er ist zu unwichtig. Mit einer übergestülpten schwarzen Pelerine ordert er zwei Liter Sangria und prahlt mit seinen Abenteuern als Graf von Monte Christo. Jetzt kann er die Sau rauslassen, niemand erwartet politische Klugscheißereien.

Dank seiner Fernsehauftritte hatte er eine Zeit lang Einnahmen. Er kaufte einen gebrauchten schwarzen Hummer H 3 (Länge 4.782 mm; Hubraum 5.328 cm3; Gewicht 2.374 kg; Bodenfreiheit 21,6 cm) und ließ das Gefährt um 1,50 Meter verlängern. Sehr laut röhrte das Teil nicht. Als er den Auspuff entfernte, wurde der Wagen beschlagnahmt.

Seitdem ist es bei Attila finanziell schummrig. Er lebt regelmäßig auf Kante. In seinem Flecktarnportemonnaie triumphiert Ebbe. Als Soloselbständiger wartet er auf eine Tüte Geld to go. Hartz IV reicht nicht. Manchmal schläft er auf dem Sofa seines Anwalts. Bis auf sein Konto bei der Deutschen Bank ist alles tot. Mitte des Monats, wenn nichts mehr geht, steckt ihm ein pakistanischer Gangster etwas zu. Das Geld kommt von einem Konto auf Zypern. Instinktiv lehnt er Angebote Kim Jong-uns, Hassan Rohanis, Viktor Orbáns, Jarosław Kaczyńskis und von Salman ibn Abd al-Aziz ab: Er will nicht ins Visier des BND geraten. Auch den Kontakt mit der katholischen Kirche, einer Organisation, die mit ihren Intensiv- und Langzeittätern seit Jahrhunderten als kriminelle Vereinigung wahrgenommen wird, vermeidet er. Mit Kreuzzügen, Ablasshandel, Inquisition und Beihilfe für Tyrannen ist sie im Wesentlichen durch, aber das massenhafte Decken sexueller Gewalt ist ihm unheimlich. Der einzige Luxus, den er sich leistet, sind Feuchttücher für die Wirköffnung. Ein eigener Schottergarten, ein Einkauf bei Manufactum, ein Bad im Ochotskischen Meer mit einer Horde ausgewachsener Walrossbullen – davon kann er nur träumen.

Der Verfassungsschutz passt weiter auf ihn auf. Solange er den Atomwaffensperrvertrag nicht verletzt, ist die Leine lang. Würde er Sturmgewehre und halbautomatische Mörser verteilen, ergäbe sich eine neue Lage.

Die finanzielle Unterstützung aus dem Treptower Park ist mehr als dezent. Die Vormachtstellung der Linken in Parteien verlangt ein Gegengewicht. Die Meinungsmacher aus Medien und Kultur müssen lernen, dass sie nicht alles machen können.

Soon-Yi schenkt mir ein breites Lächeln: »Ist dir eigentlich klar, dass du wahnsinnig viel über diesen Knallkopf zusammengetragen hast? Du könntest ein bisschen stolz auf dich sein, das ist eine astreine Recherche.«

Eine Pause ist fällig. Dienstreise. Drei Tage Iller und Inn, das ist erfahrungsgemäß freundlich. Schöne Landschaft! Die Woche am Rhein danach dürfte stressig werden, Neckar, Main und Mosel sind wie liebesbedürftige 16-Jährige. Die dritte Woche ist dann wieder zum Ausatmen. Die Kanäle Datteln-Hamm, Dortmund-Ems und Elbe-Lübeck sind meine Problemkinder, haben aber wenig Schiffsverkehr, das macht die Arbeit angenehm.

36

Einen Monat später taucht Lei abends hinter einer Nebelwand aus Zigarettenqualm auf, legt mir die Hände auf die Schultern, küsst mich auf den Kopf und flüstert: »Na ihr beiden, treibt ihr es wieder?«

Soon-Yi sieht zur Abwechslung wieder fit aus. Eine beeindruckende Mischung aus Disziplin, Lebensfreude und Energie. Entweder hat sie ausgeschlafen und war shoppen oder der liebe Gott meint es gut mit ihr. Ich verrate ihr, dass Heldmann nicht der Einzige ist, der leidet:

Der Postbote in Neukölln etwa bemüht sich vergeblich um eine andere Tour. Alles Betteln, Winseln, seine ganzen Eingaben rauschen bei den Vorgesetzten durch. Drei Pfund Briefe allein für Attila sind normal – täglich. Es sind Frauen, vorwiegend zwischen 48 und 76, die ihm ihre Zuneigung erklären – beflügelt von der Fantasie, er sei potent. Die wenigsten haben ihn persönlich erlebt, zur Montagsdemo schaffen sie es nicht. Aber das Dschungelcamp zeigt ihn in allen Lebenslagen.

Genauso sauer wie der Postbote sind Heldmanns Gläubiger. Für die Zwangsvollstreckung wäre ein gewiefter Beamter nötig, der energisch zulangt. Aber auch dann wäre bei Attila nicht viel zu holen. Tayyip Zümrüt, der Gerichtsvollzieher, tritt bei Schuldnern dieses Kalibers nur noch pro forma auf und klingelt gar nicht erst. Kobina, seine Ehefrau, ist wie Jill Biden promovierte Pädagogin (Sportdidaktik, Fachrichtung Weitsprung). Tayyip nimmt sich zu Herzen, was sie ihm eingetrichtert hat: »Reg dich nicht auf, wenn du es nicht ändern kannst!« Kobina bezeichnet Attila als Knallkopf und Schlammkriecher. Direkt neben Kobina und Tayyip hat ein Just Eat Takeaway eröffnet, das laborgezüchtetes Fleisch verkauft.

Zümrüt steigt in Attilas Treppenhaus immerhin ein paar Stufen hoch. Er geht betont langsam. Es ist klar, dass er seine Anwesenheit herunterspielt.

Attila dreht trotzdem durch. Die Angst vor einer Taschenpfändung ist immens. Sein Baum brennt. Aus Notwehr steigt er in seine kurzen weißen Hotpants. In dem Höschen schämt er sich, kann davon aber nicht lassen.

Er rasiert sich panisch die Beine. »Aahhh!« – geschnitten. Das Badezimmer sieht aus wie ein Schweinestall, außerdem tut es weh. Das Gefühl der Niederlage sitzt tief. Er fingert nach dem Tampon eines Freundes und stopft ihn in die Vene. Die Blutung ist gestillt. Für diesen Sieg gönnt er sich ein Glas kalten Zischcool. Jetzt wird die Glaubensgemeinschaft wiederbelebt: Der verschworene Held einer Scheinkatastrophe dreht den Badenweiler-Marsch auf, die CD ist wie immer eingeschoben. Ein adäquater Sendeplatz fehlt, er steigt auf seinen Stuhl und krault von dort durch das Meer des Obskuren. Sofort quillt alles über. Er ramentert gegen das System, alles andere spielt keine Rolle mehr. Er mutiert zum Sprengsatz und verlangt eine Nationalversammlung, in der das Volk zu seinem Recht kommt.

Bevor er berühmt wurde, konnte er gut eine Line ziehen. Jetzt flutet ihm auch ohne Koks Dopamin in die Füße. Glücklich ist er trotzdem nicht. »Geil«, sagt er sich, »demnächst ist Merkel weg. Aber die Diktatur der Political Correctness, die ganzen Türken? Und was wird aus mir?«

Sobald er mit dem Mut der Ausweglosigkeit weiter schwadroniert, beginnen seine Arme zu rudern. Vielleicht haben Robespierre und Danton ähnlich temperamentvoll um ihr Leben gekämpft?

Bei diesem Schlusswort denkt Soon-Yi vielleicht, dass ich ziemlich gebildet bin.

37

Der nächste Abend: Marlon liegt wimmernd in der Besenkammer. Er blutet, der rechte Vorderlauf ist zerfetzt. Hoffentlich kann der Tierarzt die Pfote retten.

Lei ist noch nicht zu Hause. Ich lasse alles stehen und liegen, packe den Kater ein und rase zum Tierarzt. Schafft die Katze das?

Während der Arzt versucht, ihn zusammenzuflicken, überlege ich im Wartezimmer, ob wir uns nach Marlon vielleicht eine Schildkröte anschaffen sollten. Wo wir für Esmeralda Tag für Tag frische Wildkräuter und getrocknetes Kräuterheu besorgen könnten, ist mir allerdings unklar. Auch die Entscheidung zwischen einer kleinen, rund 20 Zentimeter langen griechischen Landschildkröte und einer Aldabra-Riesenschildkröte, 1,80 Meter Panzerlänge und ein Gewicht von 300 Kilogramm, könnte zu wochenlangen Diskussionen zwischen Lei und mir führen.

Zu Hause, Marlon ist noch benommen, nehme ich mir ein Buch und bleibe bei Heinrich Heine hängen:

Der Engländer liebt die Freiheit wie sein rechtmäßiges Weib, er besitzt sie, und wenn er sie auch nicht mit absonderlicher Zärtlichkeit behandelt, so weiß er sie doch im Notfall wie ein Mann zu verteidigen.

Der Franzose liebt die Freiheit wie seine erwählte Braut. Er glüht für sie, er flammt, er wirft sich zu ihren Füßen mit den überspanntesten Beteuerungen, er schlägt sich für sie auf Tod und Leben, er begeht für sie tausenderlei Torheiten.

Der Deutsche liebt die Freiheit wie seine alte Großmutter.

38

Am nächsten Tag müssen Attila und Soon-Yi warten, Lei braucht meine Aufmerksamkeit. Das Gericht hat ihre Klage abgeschmettert: Die Bundesregierung darf weiterhin weltweit Diktatoren mit Geld und Waffen pampern.

Ich massiere Lei die Füße, mache Rührei und lege ein altes Abba-Stück auf. Und Heldmann? Steht auf der Räuberleiter des Rechtsnationalismus ganz weit oben. Egal, wie traurig die Erde ist: Attila, der nicht einmal weiß, dass er einsam ist, lässt zwischen zwei Großveranstaltungen seinen Wutschwall in den *„sozialen"* Medien ab – Peitschenhiebe der Dummheit. In Trump-Manier twittert er auf sämtlichen Kanälen. Die Bits seines Quantencomputers nehmen Eins und Null gleichzeitig an. Er wird euphorisch, sobald man ihn als Redner bucht, pumpt sich Luft in den Po, tigert durch die Wohnung, studiert menschenverachtende Thesen und verputzt eine Packung Ingwerkekse nach der anderen.

Ohne ihn, der hemmungslos rumkrakeelt, kommt keine Versammlung in Schwung. Intellektuelle wie Alice Weidel und Beatrix von Storch sind scharfzüngig, aber von kaltem Hass getrieben. Demgegenüber macht Attila Stimmung. In der giftigen Brühe aus Lügen, der übelriechenden Suppe aus Demagogie und Narzissmus stehen die Sektierer, die an ein Komplott glauben. Bis die Intelligenzbestien in ihrem Fahnenmeer *„Wir sind das Volk!"* gröhlen, bläht er jede Verschwörungstheorie raus, die ihm durch den Kopf knallt. Niemand heizt so gut ein wie er.

Soon-Yi unterbricht mich: »Ist dir eigentlich klar, dass der Typ eine irre anstrengende Nummer schiebt? Der darf einfach nicht ruhen, der muss ständig voraussehen, wann wieder zu lavieren ist, wann es heißt, Speichel zu lecken und sich über den eigenen erbärmlichen Charakter hinwegzulügen. Eine Welt von ehrlichem Bemühen, Momente der Schönheit – das kennt der nicht. Der wird im günstigsten Fall von Gewissensbissen, schlechten Träumen und Reue heimgesucht. Aber wahrscheinlich hat das Gewissen bei ihm seine evolutionäre Funktion verloren.«

Ich lasse das so stehen. Im Vergleich zum Klimawandel ist Attila ein überschaubares Desaster. Als Glaziologe weiß ich, wovon ich rede.

39

Die Mächte der Fäulnis faszinieren. Wann immer es geht, versuche ich Heldmann live zu erleben. Obwohl man von ihm nichts anderes kennt, war ich von seinem letzten Auftritt perplex. Was treibt diesen Kerl? Im dritten Satz behauptet er, von Geheimdiensten und Tempelrittern überwacht zu werden. Er verwahrt sich gegen Sonderrechte von Muslimen – wer flüstert ihm ein, dass es so etwas gibt?

Letzte Woche, auch da war ich dabei, forderte er, endlich die Identität unserer christlich-abendländischen Kultur zu schützen. Unter den 1200 Zuhörern entdeckte ich Veronica und Bettina - oh oh. Ich fand es deprimierend und kaum zu ertragen, wie Heldmann seine kaiserliche Werft abspulte: *„Abgelehnte Asylbewerber sind sofort abzuschieben. Schluss mit der Selbstverstümmelung deutscher Werte! Es muss wieder normal sein, öffentlich die Liebe zu seinem Vaterland zum Ausdruck zu bringen!"*

Am Ende wieder irrlichternde faschistische Rhetorik. Was rumort in seinem Unterbewusstsein? Brennen die Schläge seines Vaters auf der Haut? Hat der Geist des Krokodils von seiner Seele Besitz ergriffen? Überfällt eine Rotte aufgeschreckter Wildschweine Spaziergänger, die sich nach einer Tasse Kaffee und einem Stück Butterkuchen nur die Füße vertreten wollen? Und internistisch: Steigt schäumende Magensäure auf? Flimmert das Herz bei 190/140? Befriedigt es ihn sexuell, wenn er deliriert? Man merkt ihm nichts an. *„Juden wollen die deutsche Rasse auslöschen. Weil sich der Judenstamm der Zionisten für ein auserwähltes Volk hält, hat dieser bereits nach dem Ersten Weltkrieg versucht, Deutschland durch die Reparationsforderungen zu zerstören, und dann auch den Holocaust mitfinanziert. Adolf Hitler hat lediglich versucht, die Deutschen zu schützen. Im Vergleich zur Kommunistin, Zionistin, Satanistin Angela Merkel ist Hitler ein Segen*

gewesen, da Merkel mit Gates einen globalen Völkermord von sieben
Milliarden Menschen plant. Das Pergamonmuseum ist das Zentrum
der Corona-Verbrecher."

Soon-Yi am Ende unserer Konferenz:»Aufhören! Hör auf!
Das ist ja nicht auszuhalten. Wir kennen ja das Muster: Erst
werden Begriffe besetzt, dann die Köpfe. Ein Albtraum! Aber
stimmt es, dass er keine Frau hat? Kinder?«

»Nein, dafür gibt es nicht die geringsten Anzeichen.«

»Dann droht wenigstens kein Nachwuchs!«

40

Am nächsten Montag: Lei entspannt sich vorm Fernseher. Sie raucht und nascht an den Resten des Blumenkohls, den ich überbacken habe – Semmelbrösel, Butter, Gruyère, Petersilie.

Drei Anrufe von Woody, er hat aber nichts auf den AB gesprochen. Es wird also nicht so schlimm sein und ich kann erst einmal weiter in Ruhe mit Soon-Yi skypen. Ich berichte, dass es bei Attila in dieser Boshaftigkeit seit Monaten weitergeht. In der Bismarckstraße tigert er um seine Fans: *„Impfstoff zuerst für Deutsche!"* Der Zulauf ist immens. *„Attila! Attila!"*, skandieren die Rentner, die keine Masken tragen und Heldmann wie einen Pop-Star umringen. Fehlt nur noch, dass Höschen und BHs fliegen.

Woody – geht mir durch den Kopf – macht verrückte Sachen. Man kann ihn zurzeit nicht ernst nehmen. Abgedreht. Trotzdem: Er bewegt sich im Rahmen dessen, was sich alte Männer mit einem Knall kurz vor Toresschluss noch einmal leisten können. Was aber treibt Attila? Kalkül, Geburtsschaden, Chromosomendefekt, Zufall? Es ist kaum möglich, Heldmann zu durchschauen. Setzen ihm schlechte Dämpfe zu, spielt er oder kann er nicht anders? Masche oder Schicksal?

Ich gestehe Soon-Yi, dass es mir schwerfällt, nicht zur dritten Flasche Wein zu greifen oder den schwarzen Kapuzenpulli zu zücken und ANTIFA-Gruppen zu gründen. Heldmanns Reden sind wie ein Tritt ins Gesicht. Soon-Yi bemerkt trocken: »Ein flackerndes Flämmchen im Sturm der eigenen Verzweiflung.«

In den Feuilletons diskutiert man, wie das alles angehen kann. Man räsoniert über Heldmanns verbittertes Ich und versucht, den enttäuschten Menschen zu verstehen. Das Phänomen Attila falle deutlich aus dem Schema des gemeinen

Rechtspopulisten: Weder wolle er, dass alles so bleibe, noch habe er Angst vor der Zukunft. Er sei nicht einmal ein Modernisierungsverlierer.

Marlon brummt so laut, dass ich ihn am liebsten vom Schreibtisch bugsieren würde. Dass er die OP überstanden hat, ist ja gut, aber er muss es auch nicht übertreiben.

41

Während die lavierende Journaille sich schwertut, Position zu beziehen, singt Markus Hahns Klasse im Stehen eine Volksweise:

„Der Mensch lebt nicht für sich allein
und will auch von Bedeutung sein,
braucht Arbeit, Kleidung, Wohnung, Brot,
lebt glücklich bestens ohne Not,
mag Wissen, Tänze und Musik,
gestaltet wach die Republik,
verachtet Lüge und Gestank,
schuldet Herrschern keinen Dank,
sagt zu Entwicklung niemals nie
und beugt dem Unsinn nicht das Knie."

Hahn ist 56 und noch immer motiviert. Im Projektunterricht lässt er Karrieren brauner Helden beleuchten. Anfangs stöhnt die Klasse genervt »Nicht schon wieder NS-Kram!«. Hahn schafft es trotzdem, ihr Interesse zu wecken. Die Power-Point-Präsentation Caroline Schmidts (gerade mal 16) besticht mit Original-Abbildungen der Gesetze und Verordnungen, die Hans Globke auf den Weg brachte. Globke war führend beteiligt an der Verordnung zum Reichsbürgergesetz, dem Gesetz zum Schutze der Erbgesundheit und dem Personenstandsgesetz. Das J, das in die Pässe von Juden geprägt wurde, hat er mitkonzipiert. Er hat den ersten Kommentar zu den Nürnberger Gesetzen sowie das Gesetz über die Änderung von Namen verfasst. Juden mussten fortan die Vornamen Sara bzw. Israel führen. Caroline bringt es sauber auf den Punkt: Globke hat mit all dem die verwaltungstechnischen Voraussetzungen für den Holocaust geschaffen. Unter Konrad Adenauer stieg er 1953 zum Chef des Bundeskanzleramtes auf. 1959 wurde ihm das Große Verdienstkreuz mit Stern und Schulterband der Bundesrepublik Deutschland verliehen. Für ihre Recherche war Caroline im Staatsarchiv, in der Universitätsbibliothek und im Historischen Seminar. Bis auf Kevin und Abdullah, die das Abitur kaum schaffen werden, und wie üblich Merle, Lena und Julius ist es in der Klasse phasenweise mucksmäuschenstill. Eine glatte 1 +.

Die sonst eher zurückhaltende Saskia Fuhltrott (smarte 17) referiert knapp, aber mutig über eine andere Gestalt: Kurt Georg Kiesinger trat im Februar 1933 in die NSDAP (Mitgliedsnummer 2.633.930) ein und blieb bis 1945 Mitglied. Von 1966 bis 1969 war er Bundeskanzler der Bundesrepublik Deutschland.

Hahn erhält in der Folgezeit wochenlang anonyme Morddrohungen und wird kurze Zeit später auf offener Straße erschlagen. Die GEW organisiert wieder und wieder Lichterketten, der Bürgermeister nimmt an Hahns Trauerfeier teil und betont die Bedeutung des Kampfes gegen Extremismus, gleich ob von rechts oder von links.

Der Käsehändler neben Attilas Wohnung möchte eine heile Welt. Er hat es auch schwer, sich neben seiner Frau zu behaupten. Sie ist deutlich intelligenter. Die unangenehme Zuspitzung in der Politik und der geschäftsschädigende Krawall bedrücken ihn. Den Wert seiner Immobilie sieht er im freien Fall. Klagt er, hört er von seinem Gesponst: »Du bist absolut peinlich und blickst so was von nicht durch! Amnesie ist keine Lösung, echt nicht.«

Seine Frau und die beiden Kinder hängen vorm Fernseher. Sie zappen stundenlang durch tagesschau24, n-tv und CNN.

Die Tochter: »Mama, da ertrinken wieder welche. Das ist ekelig.«

Sein Sohn: »Eben konnte man sehen, wie die Griechen Flüchtlinge mit Knüppeln zurück in die Türkei treiben, unglaublich. Ich dachte, es gibt doch Asyl oder so was?«

Seine Frau: »Man nennt das Push-Back. Ja, das ist grausam und widerwärtig und rechtswidrig ist es auch. Man kann sich nur schämen. Aber das ist die Politik der EU. Europa schottet sich ab. Lieber lässt man die Flüchtlinge im Meer ertrinken. Oder man schifft sie zurück nach Libyen, wo sie gefoltert werden.«

42

Auch das will ich Soon-Yi nicht verschweigen: Angesichts von Heldmanns Treiben alarmieren die Nachbarn insgesamt 14-mal die Polizei. Manchmal auch den Sozialpsychiatrischen Notdienst.

Die Staatsanwaltschaft ermittelt nicht. Der Innenminister kauft für private Zwecke eine Kurzwaffe. Die Polizei dreht ab, bevor sie kommt. Der Polizeipräsident, nicht schwul, sondern Europäer, ist von seiner Osteoporose in Beschlag genommen.

Pressekonferenz, obwohl er Angst vor einem weiteren Spontanbruch hat. Giovanni Matterala, der affektierte stellvertretende Feuilletonchef des MERIAN mit Vorderzähnen, die den landesüblichen Durchschnitt um zwei Millimeter überragen, meldet sich als Erster. Obwohl sanft versunken in Altersmürbheit, bringt drei zusammenhängende Sätze zustande: „Die Tücher des Zusammenlebens lösen sich in einem intellektuellen Auffahrunfall auf. Das Glück lauert überall, aber Heldmann ist nur locker mit der Realität verbunden. Würden Sie dem zustimmen?"

Der Präsident, fetter Hals, mit einem ins Ordinäre tendierenden Gesicht, gibt sich ruppiger als sonst. Wenn er will, kann er seinen Gegner höflich in Stücke reißen – heute ist ihm nicht danach. „Sie mit Ihrer Lust auf durch und durch instabile Verhältnisse. Wieso fragen Sie mich schon wieder nach dieser Figur? Ich werde hier null Komma null rumsödern. Dämonisieren Sie den Kerl doch nicht! Hat die Poperze etwa den Reichstag angezündet? Nach meinen Informationen bisher nicht. An Pol Pot und Idi Amin kommt er ja wohl nicht heran. Ok, der Mann ist wie Trump eine lebende Karikatur, das wissen wir alle. Ein Rassist, der bei den Neonazis einpeitscht und die Politik verseucht. Ja, der hat den Finger am Abzug. Und ja, da brechen Eiterbeulen auf. Aber intellektuelle Massaker, auch wenn sie eine explosive Desinformationsdynamik entfalten, sind nun mal nicht strafbar. Wann geht das in Ihre Köpfe? Noch was? Vielleicht eine ausgefeilte Statistik zur Kriminalitätsentwicklung bei Nachwuchsmusikern? Kann ich Ihnen zeigen, mit Grafik oder, wenn Sie wollen, auch als Power Point, in Farbe."

Der Psychiater des Gesundheitsamtes ist kerngesund, geradezu penetrant gesund: stabiler Blutdruck, niedriger Ruhepuls, selbst die Kniescheiben sitzen an der richtigen Stelle. Er ist alles andere als schmallippig und liebt es, beim Reden seinen Atem zu beobachten:

„Ich verfolge, wie übrigens die meisten meiner Kollegen – die Polen und die Ungarn ausgenommen –, Heldmanns Treiben mit Sorge. Wir Fachleute sind uns einig: Dieser sogenannte Attila ist sicher ganz schwer infiziert, verstrahlt. Er bietet aber andererseits in dem, was er sich ohne Umwege von der Leber rockt, unaufdringlich großartig eine Art sowjetischer Stabilität. Das muss man anerkennen.

Von Haus aus hatte der Knabe offensichtlich zu wenig Grandiositätsangebote. Wir konstatieren eine dramatische Selbstermächtigung bis hin zur Grenzenlosigkeit. Der Junge befindet sich in einem permanenten, geradezu zwanghaften Zustand der Quasi-Mobilmachung. Sittlichen Selbstverständlichkeiten entsagt der gute Mann. Sein Interesse, sich den inneren Abgründen zu stellen, ist erschütternd gering – ein eher typisches Defizit bei solchen Würstchen. Letztlich ist so einer aber auch nur ein anthropologisches Experiment.

Zugegebenermaßen ist Ordnung im Kopf nicht seine Stärke. Er bevorzugt zentrifugales Denken. Zu Wehmut oder Melancholie ist er nicht befähigt. Natürlich, das wird Sie nicht überraschen, weiß er nichts von ethnolinguistischer Segregation. Und auch die geläufigsten Basics sind ihm unklar: Weder kennt er die Gedanken Gottes noch hat er die geringste Ahnung, wie viele Mutterbänder Dienst im Innern einer Frau tun. Zusammengefasst muss man sagen, dass er seinen Wahrnehmungswahnsinn von keinem Dämonenräumdienst stören lässt. Niederlagen hält er nicht aus. Aber wir sind beeindruckt, dass er in einem humorlosen Eskalationskontinuum aus dem Stand minutenlang über Menschenrechtsfundamentalismus faseln kann.

Alle einschlägigen Fachleute sind sich einig, auch die Ethikkommission stimmt dem zu: Trotz des grotesken Schlachtfeldes, in dem er sich bewegt, besteht mangels Eigengefährdung keine Eingriffsmöglichkeit."

43

Nach erbitterten Grabenkämpfen, die vom Vorstand der AfD-Fraktion oberflächig beigelegt wurden, formiert sich in der Zivilgesellschaft ein von Beatrix von Storch koordiniertes breites Bündnis. Einschlägige Industriellenfamilien, das Erzbistum Eichstädt, der Emir von Katar, die Teile des Vatikans, die gegen Papst Franziskus intrigieren, BDI und BDA, verhetzte Raumausstatter, zu kurz gekommene Malermeister, gelangweilte Zahnärzte und skrupellose Rechtsanwältinnen, religiöse Fundamentalisten, fanatische Abtreibungsgegnerinnen, Esoteriker, verwirrte Rentner – alle sammeln Zahngold, Bargeld und Schmuck für eine Kampagne, in der Attila bei der kommenden Wahl zum Bundespräsidenten antritt.

Soon-Yi quittiert das mit der Frage: »Wessen Strohmann ist dieser Attila eigentlich? 'Ndrangheta? Opus Dei? Bolsonaro?«

44

Ich sehe es ihr gleich an, als sie nach Hause kommt: Lei hatte wieder einen anstrengenden Tag. Von Attila erzähle ich lieber nichts, stattdessen mache ich eine Kanne Tee. Später, nach einem Glas Sancerre, klagt sie über die Kampagne gegen Lichtverschmutzung. Die Jungs können zwar nichts zahlen, das ist ok, sie sind aber hochgradig anspruchlich und wissen alles besser. Dann doch lieber ein mit Drogen erwischter Obdachloser, dem die Abschiebung droht. Diese Klientel ist dankbar, wenn man hilft.

Ich bin froh, dass die Reportage des schwedischen Fernsehens über Heldmann, die auch in Belgien und Estland gezeigt wird, Wellen schlägt. Die Schweden sprechen von Attila als vom Rassenwahn getriebenen, servilen Brandbeschleuniger. ARD und ZDF haben vorübergehend ein Thema, das Impffälle, resistente Corona-Stämme und die Kombi-Mutation von Viren verdrängt. Die Privatsender bringen den üblichen Hartz-IV-Trash. Deutschland sucht den Super-Virus! Für Soon-Yi nehme ich den schwedischen Dreiteiler auf, brenne ihn auf DVD und schicke ihn über den Großen Teich.

45

Auch die Politik reagiert, vor allem allerdings routiniert: Schloss Bellevue rät zu Ruhe, mahnt Ausgleich an und plädiert für respektvollen Umgang.

DIE GRÜNEN sind enttäuscht. Fundis verlangen alarmiert Haft, Sicherungsverwahrung oder Prügel. Realos fordern sozialpädagogische Krisenintervention. Der parteiinterne Kompromiss setzt auf Klimaschutz ohne Rassismus. Katrin Göring-Eckardt wird das Konzept dem nächsten Evangelischen Kirchentag vorstellen.

Die Regierungssprecherin, eine ehemalige Tagesschau-Moderatorin, die sich phasenweise erfolgreich vom Alkohol losgesagt hat, wiederholt gebetsmühlenartig: „Eine Gesellschaft muss auch Irre aushalten. Sicher, Heldmann sprengt alles Dagewesene. Das ist ein Krieg gegen die Realität. Es gibt aber noch keine Spur der Verwüstung. Was ist für die Zukunft zu befürchten? Entscheidend ist, dass die freiheitlich-demokratische Grundordnung nicht infrage gestellt wird."

Soziologen – allesamt männliche Professoren, offenes Hemd, merkwürdige Frisuren – sehen eine sonderbare, erschreckende Skurrilität, aber auch verfestigte Strukturen, die zu untersuchen seien.

Der Pedelec-Dachverband, Yogalehrerinnen und Frauengruppen, in denen klimakteriumrotes Haar Norm ist, empfehlen systemische Familienaufstellung und vegane, glutenfreie Kost.

Das Präsidium der SPD erklärt nach einem Pfund Konferenzkeksen: „Der Zusammenhalt der Gesellschaft ist in Gefahr. Das dürfen wir nicht zulassen."

CDU/CSU stellen klar: »Die Union hat als Partei der Mitte mit Rechten nichts gemein. Das wird auch so bleiben.«

Die AfD fordert, Ausländerkriminalität energischer zu bekämpfen: „Es kann nicht sein, dass Deutsche ein Leben lang schuften, der Ausländer hier aber absahnt."

Kriminologen warnen vor einer Zeitbombe.

Im Ältestenrat des Bundestags fragt man sich, ob der Reichstag sicher ist.

Die Arbeitgeberverbände verwahren sich vor weiteren Belastungen. Der übertriebene Lockdown mache der Wirtschaft den Garaus. Im OECD-Vergleich sei die Belastung mit Steuern und Abgaben schon jetzt schmerzhaft hoch. Die auf dem Unternehmertum lastende Bürokratie sei der reine Wahnsinn.

Ein Zusammenschluss der Investigativabteilungen von WDR, NDR und Süddeutscher Zeitung verweist auf Netzwerke, die bis in den MAD reichten und Soldaten genauso wie Feuerwehrmänner und Polizeiobermeister umfassten.

Im Bundesamt für Verfassungsschutz weiß man nicht, wovon die Rede ist. Der Präsident – begleitet von zwei systemrelevanten Adjutanten mit Ordensspange – trägt genauso selbstbewusst wie routiniert im Innenministerium vor. Der Staatssekretär macht sich Notizen. Dass die Bundeswehrkapelle im Innenhof des BMI den Badenweiler-Marsch probt, stört nicht. Das Memorandum des Verfassungsschutzpräsidenten beschreibt ausufernden Datenschutz, der immer mehr zum Täterschutz werde. Präventive Strafverfolgung in der Parallelgesellschaft werde stranguliert. Der Staat sei wehrlos, mit der Herrschaft des Rechts sei es vorbei. Stattdessen steuerten türkische Clans eigene Scharia-Polizisten, die der deutschen Bevölkerung das Leben schwer machten. Ältere Menschen trauten sich nicht auf die Straße. Kurz- oder mittelfristig drohe eine Umvolkung.

Der Direktor des Max-Planck-Instituts für Sozialpsychologie in Garching leidet an Panikattacken. Er bittet um rasche Übersendung von Genproben. Es solle getestet werden, ob sich organisierte Verantwortungslosigkeit in der DNA niederschlage oder ob es Chromosomenschäden seien, die soziale Defekte und Empathielosigkeit provozierten.

Der Doyen der Militärattachés bittet im Außenministerium um einen Termin.

Aus den Visegrád-Staaten brummt Zufriedenheit.

Sowohl in der EU als auch in der NATO wird telefoniert. In den Stäben der Brüsseler Zentralen regt sich Besorgnis. Referenten entwerfen vorsorglich verhaltene Stellungnahmen.

Der Mossad konzentriert sich auf sein neues biometrisches Gefühlserkennungssystem.

Wie zu erwarten interessieren sich Washington und Moskau keinen Deut für Kriminalitätstheorien. Daher kommentieren weder Potomac noch Moskwa. Jeder hat seinen Maulwurf. Man weiß genau, was die andere Seite plant. Die Zersetzungstechniker in den Geheimdienstzentralen – ruhige, langfristig denkende Spezialisten – plädieren nachdrücklich für Gelassenheit. Hüben wie drüben ist man sich sicher: Zwei oder drei räudige Attilas wären besser als einer.

46

Während ich im Netz recherchiere, scheppert und kracht es. Wahrscheinlich turnt Marlon in dem Regal herum, in dem unsere Obstschalen, Suppenschüsseln und Vasen stehen. Wäre er nicht so wunderbar, würde ich ihn in Tschernobyl aussetzen. Wer den Pergamonaltar googelt, kann nur staunen. Ich berichte Soon-Yi brühwarm: Ein Joachim Fichtel aus Weinstadt verkündet, es habe verheerende Auswirkungen gehabt, dass der Thron Satans mitten in Berlin aufgestellt wurde. Infolgedessen seien von Berlin zwei Weltkriege und der Holocaust ausgegangen. Pfarrer Richard Wurmbrand hingegen gibt zum Besten, dass die Rote Armee nach der Eroberung Berlins den Pergamonaltar nach Moskau brachte, wo sowjetische Spitzenfunktionäre satanische Riten zelebriert hätten.

Ein Baum kann noch so groß werden, er vergisst seine Wurzeln nicht. Wohin wird es Attila ziehen? Wird er seine Schuhe polieren und sich das Gift von den Knochen kratzen? Später vielleicht sogar so etwas wie Gelassenheit? Statt Hetze Reue? Statt Hass Demut?

Egal, wen man fragt – Karl Lauterbach, Rio Reiser, Alice Schwarzer, Friedrich Merz, Peter Sloterdijk: Alle tappen im Dunkeln. Die einen grübeln über Erbsünde und spekulieren, dass er demnächst Bomben bastelt oder sich ganz aufs Esoterische verlegt und vor dem Pergamonaltar Traumfänger bastelt. Andere tippen auf eine Karriere als Nachhaltigkeitsblogger, Kokabauer, Messdiener oder Influencer.

Ich weiß es auch nicht besser. Zu Soon-Yi sage ich: »Woodys Gebrumme im Kino ist ja nur ein Spiel. Seine Assoziationen sind göttlich und wie immer geistreich. Aber es gibt 40.000 Atomwaffen auf der Welt. Und Attilas. Sicher scheint allein, dass Heldmann höchst real ist und nicht etwa nur ein abgedrifteter, sprachgewandter Lügenroboter. Ein analoger Revoluzzer.«

Ich frage Soon-Yi, was Attila durchzieht. Befreit er sich aus den Schlingen seines Daseins? Wirft er sich endgültig in den Abgrund seiner selbst? Hat er eine Chance, seine Familienspur zu verlassen? Kann man Faschos erziehen?

Bei Woody dürften Hopfen und Malz verloren sein. Ich halte es aber für nicht zwingend, dass er die Klappe ewig aufreißt. Unser ungestümer Einfaltspinsel Attila aber verhält sich trivialerweise vielleicht nur deshalb so, weil er es kann. Abwechslung. Erfolg ist ein Rausch. Sicher, ihm fehlt Zuversicht und er ist empfindlich, gekränkt und verwirrt. Obwohl er nicht versteht, dass er nichts als eine schäbige Nummer reitet, kann er nicht ewig brennen.

Soon-Yi räsoniert: »Die Schönheit des Sonnenaufgangs hat ihm noch nie Tränen in die Augen getrieben. Dass er sich jemals mit seinen Eltern versöhnt, dürfte unwahrscheinlich sein. Jemand wie er wird sich nicht kastrieren lassen, ins Kloster gehen oder Klavierunterricht nehmen. Jemand wie er legt sich nicht bei einem Therapeuten auf die Couch. Natürlich wird er niemals für ein gerechtes Steuersystem demonstrieren oder Hand in Hand mit selbstbewussten Frauen Streiks in der Fleischindustrie organisieren. Im schlimmsten Fall braut sich was mit einem fürchterlichen Ende zusammen. Sobald er wütet, weiß er, dass es ihn gibt. Wenn es gut geht, kommt es nicht zu Massakern und Blutbädern. Mit Glück wird sein Zorn verrauchen, ohne dass er vollends verkümmert.«

Ich versuche, meine Freundin mit der Frage zu provozieren, ob aktuell nichts außer einem Aufenthalt in der Fremdenlegion oder einem hochdosierten Medikament helfen könnte. Sie lächelt und antwortet leise: »Bei aller cerebralen Dissonanz:

Ein väterlicher Freund, der ihm das Leben erklärt, könnte seine Seele in die Rinne bringen. Wahrscheinlich hat auch noch nie ein Physiotherapeut in seinem Bindegewebe und in seiner tiefen Muskulatur gearbeitet. Am besten jemand mit klodeckelgroßen Händen. Eine Patenschaft für ein paar Flüchtlinge wäre eine Win-win-Situation. Sollte er es noch mal mit einem Hund versuchen – er hätte eine Aufgabe, die ihn fordert. Vor allem wäre jemand zum Liebhaben da. Ideal wäre ein stämmiger Leonberger oder ein ausgewachsener Berner Sennhund. Jedenfalls müsste es ein verdammt großes Tier sein, das morgens und abends von vorn bis hinten zu bürsten ist.«

Ich: »Warte mal eben. Ich lege – wir sind ja gleich durch mit Heldmann – schnell Musik auf.«

Beim Badenweiler-Marsch sind wir uns sofort einig, dass sich Attila auch körperlich auspowern müsste. Unsere bizarre Giftschleuder könnte Holz schlagen oder laufen, jeden Morgen oder mindestens an ungeraden Tagen 15, 18 Kilometer. Und natürlich nicht immer nur Pansen – sein Darm ist sowieso schon chronisch gereizt. Eine gute Hühnersuppe oder warme Teigtaschen, gefüllt mit Pflaumenmus, würden seine Seele streicheln.

Glossar

Apostolischer König	*Staatsoberhaupt des Königreiches Ungarn*
Archaeopteryx	*Übergangsform zwischen Dinosauriern und Vögeln*
Armin Hary	*Sprinter, der als Erster 100 m in 10,0 s (handgestoppt) lief*
Astigmatismus	*Hornhautverkrümmung*
Atavismus	*Wiederauftreten von anatomischen Merkmalen, die bei stammesgeschichtlichen Vorfahren ausgebildet waren, bei den unmittelbaren Vorfahren jedoch reduziert wurden, da sie für die gegenwärtige Entwicklungsstufe keine Funktion mehr besitzen*
Badenweiler-Marsch	*Nach der „Polizeiverordnung gegen den Missbrauch des Badenweiler-Marsches" vom 17.5.1939 durfte der Marsch „... nur bei Veranstaltungen, an denen der Führer teilnimmt, und nur in seiner Anwesenheit öffentlich gespielt werden."*
Balamir	*im 4. Jh. König der Hunnen*

Bipolare Störung	*psychische Erkrankung mit manischen und depressiven Stimmungsschwankungen*
Boko Haram	*islamistische Gruppierung, die vor allem im Norden Nigerias die Bevölkerung terrorisiert*
Borderline	*emotional instabile Persönlichkeitsstörung*
Burschenschaft	*Studentenverbindung*
Chlaraton	*Hunnenherrscher im 5. Jh.*
Columbia	*eine der ältesten und renommiertesten Universitäten der USA (Manhattan)*
cum ex	*Beim Handel von Aktien mit (cum) und ohne (ex) Dividende lassen sich Banken die nur einmal gezahlte Kapitalertragsteuer mehrmals erstatten*
Delitzsch	*Stadt im Nordwesten Sachsens*
Delphi	*Kino in Berlin Charlottenburg*

Dividendenstripping	*Kombination aus dem Verkauf einer Aktie kurz vor dem Termin der Dividendenzahlung und Rückkauf derselben Aktie kurz nach dem Dividendentermin*
Düppeler Schanzen	*dänische Wehranlage bei Düppel in Südjütland, an der sich der deutsch-dänische Krieg entschied*
Erzbischof	*Bischof, der einer Erzdiözese vorsteht*
Fastentuch	*Das Fastentuch verhüllt in der Fastenzeit die bildlichen Darstellungen Jesu*
Franz Joseph	*Erzherzog Franz Joseph Karl von Österreich, von 1848 bis 1916 Kaiser*
Glaubenskongregation	*Zentralbehörde der römisch-katholischen Kirche, die die Glaubens- und Sittenlehre zu fördern und vor Häresie zu schützen hat*
Grus grus	*Kranich*
GSG 9	*Spezialeinheit der Bundespolizei*

Hagen von Tronje   *Im Nibelungenlied erschlug Hagen Siegfried*

Haldol   *hochpotentes Neuroleptikum zur Behandlung schizophrener Syndrome und akuter psychomotorischer Erregungszustände*

Hassan Rohani   *Präsident Irans*

histrionisch   *Die histrionische Persönlichkeitsstörung zeichnet sich durch egozentrisches, dramatisch-theatralisches, manipulatives und extravertiertes Verhalten aus*

Höllentalklamm   *Tal im Zugspitz-Massiv des Wettersteingebirges*

Hypothalamus   *Abschnitt des Zwischenhirns, der Atmung, Kreislauf, Körpertemperatur, Sexualverhalten sowie die Flüssigkeits- und Nahrungsaufnahme reguliert*

Jarosław Kaczyński   *polnischer Vize-Ministerpräsident*

Käte Strobel   *von 1966 bis 1972 Bundesministerin, gab den ersten Sexualkundeatlas heraus*

Kim Jong-un	*Vorsitzende des Komitees für Staatsangelegenheiten, Oberbefehlshaber der Koreanischen Volksarmee, Vorsitzender der Partei der Arbeit Koreas, Oberster Führer der Demokratischen Volksrepublik Korea*
Libor	*Referenzzinssatz im Interbankengeschäft*
Lobotomie	*neurochirurgische Operation, bei der Nervenbahnen im Gehirn durchtrennt werden*
Lombroso	*typisierte Verbrecher anhand äußerer Körpermerkmale (Theorie des geborenen Verbrechers)*
Ludendorff	*Erster Generalquartiermeister und Stellvertreter Paul von Hindenburgs, des Chefs der Obersten Heeresleitung, beteiligte sich 1920 am Kapp- und 1923 am Hitler-Putsch*
Meister Bockert	*Biber*
Mossad	*israelischer Auslandsgeheimdienst*
Morton-Syndrom	*schmerzhafte Verdickung des Mittelfußnervs*

Mutterband	*Aufhängeband der Gebärmutter*
'Ndrangheta	*kalabrische Mafia*
QAnon	*Gruppe von rechtsextremen Verschwörungstheoretikern*
Palais	*Palast*
Peter Sloterdijk	*antimodern raunender Philosoph*
Push-Back	*Bei einer Push-Back-Aktion werden Ausländer ohne Aufenthaltstitel unter Verletzung des Grundsatzes der Nichtzurückweisung zurückgetrieben*
Rizin	*giftiges Protein aus den Samen des Wunderbaums*
Rua	*von 425 bis 434 Herrscher der Hunnen*
Salman ibn Abd al-Aziz	*König und Premierminister Saudi-Arabiens*
Sancerre	*Weißweine der Loire-Region*
Sauropoden	*eine der artenreichsten und am weitesten verbreiteten Gruppen pflanzenfressender Dinosaurier*

Schnappschildkröte	*Das sehr wehrhafte, aggressive Tier kann bis zu 30 kg schwer werden, die ihr verwandte Geierschildkröte erreicht 100 kg*
södern	*ein Problem planlos in Angriff nehmen und so lange mögliche Lösungen raten, bis ein Treffer erzielt wird*
Talpa europaea	*Maulwurf*
Tapiröl	*Tapir-Lederöl ist mild reinigend, leicht rückfettend und wasserabweisend*
Terra incognita	*unbekanntes Gelände*
Thallium	*800 mg sind für Menschen tödlich*
Viktor Orbán	*Ministerpräsident Ungarns*
Visegrád-Staaten	*Polen, Tschechien, Slowakei und Ungarn*
Wording	*Sprachregelung*

Vom selben Autor

Flughundfilets, *Opus Magnum, 357 S. (2002)*

Wasser, *Roman, 197 S. (2006)*

Saber, *Erzählung, 138 S. (2013)*

SUV, *Irrfahrten, 352 S. (2020)*

www.peter-stein.de

Zeitfracht Medien GmbH
Ferdinand-Jühlke-Straße 7
99095 Erfurt, Deutschland
produktsicherheit@kolibri360.de